| 名家·散文·精选 |

万物有灵

唐婷婷 / 编

河海大学出版社
HOHAI UNIVERSITY PRESS

·南京·

图书在版编目（CIP）数据

万物有灵 / 唐婷婷编. -- 南京：河海大学出版社，2022.1
　（名家散文精选）
　ISBN 978-7-5630-7242-2

Ⅰ. ①万… Ⅱ. ①唐… Ⅲ. ①散文集－中国－现代②散文集－中国－当代 Ⅳ. ①I266

中国版本图书馆CIP数据核字(2021)第215962号

丛 书 名 / 名家散文精选
书　　名 / 万物有灵
　　　　　 WANWU YOU LING
书　　号 / ISBN 978-7-5630-7242-2
责任编辑 / 毛积孝
特约编辑 / 齐　静
特约校对 / 李国群
装帧设计 / 秦　强
出版发行 / 河海大学出版社
地　　址 / 南京市西康路1号（邮编：210098）
电　　话 / （025）83737852（总编室）
　　　　　 （025）83722833（营销部）
经　　销 / 全国新华书店
印　　刷 / 天津光之彩印刷有限公司
开　　本 / 660毫米×960毫米　1/16
印　　张 / 14
字　　数 / 180千字
版　　次 / 2022年1月第1版
印　　次 / 2022年1月第1次印刷
定　　价 / 69.80元

目 录

生灵之趣

- 003　猫 / 老舍
- 006　小麻雀 / 老舍
- 009　小动物们 / 老舍
- 015　海燕 / 郑振铎
- 018　蝉与纺织娘 / 郑振铎
- 021　蝴蝶的文学 / 郑振铎
- 035　猫 / 郑振铎
- 040　夜莺 / 戴望舒
- 042　猫 / 夏丏尊
- 049　鸟和树 / 靳以
- 052　猫 / 靳以
- 058　萤 / 靳以
- 060　渔 / 靳以

目录

生灵之趣

064　　雁 / 周瘦鹃

067　　养金鱼 / 周瘦鹃

070　　猫狗 / 梁遇春

073　　蟋蟀 / 陆蠡

077　　父亲的玳瑁 / 鲁彦

目 录

草木本有心

- 087　养花 / 老舍
- 089　落花生 / 老舍
- 092　吃莲花的 / 老舍
- 094　问梅花消息 / 周瘦鹃
- 096　秋菊有佳色 / 周瘦鹃
- 100　蛛丝和梅花 / 林徽因
- 104　看花 / 朱自清
- 109　花潮 / 李广田
- 114　通草花 / 李广田
- 117　囚绿记 / 陆蠡
- 121　樱花 / 倪贻德
- 126　清华园之菊 / 孙福熙
- 134　快阁的紫藤花 / 徐蔚南

目 录

山川与自然

139　趵突泉的欣赏 / 老舍

142　超山的梅花 / 郁达夫

147　西溪的晴雨 / 郁达夫

150　花坞 / 郁达夫

154　方岩纪静 / 郁达夫

159　山水 / 李广田

164　新西湖 / 周瘦鹃

170　雨 / 郁达夫

172　山中的历日 / 郑振铎

178　山居杂缀 / 戴望舒

182　雨夜 / 靳以

目录

风物亦有情

189　钢笔与粉笔 / 老舍

191　兔儿爷 / 老舍

194　我底屋子 / 靳以

197　灯 / 靳以

200　红烛 / 靳以

203　风筝 / 鲁迅

206　母亲的时钟 / 鲁彦

生灵之趣

大自然创造人类的同时，还创造了很多种动物与人类共同生活在这地球上。它们与人类或敬而远之，或相互陪伴。古往今来的文人们总爱将它们写进文字里，或表达喜爱，或托物言志。它们的存在，为人类的生活增添了更多的趣味与温暖。

猫

/ 老舍

猫的性格实在有些古怪。说它老实吧，它的确有时候很乖。它会找个暖和地方，成天睡大觉，无忧无虑。什么事也不过问。可是，赶到它决定要出去玩玩，就会走出一天一夜，任凭谁怎么呼唤，它也不肯回来。说它贪玩吧，的确是呀，要不怎么会一天一夜不回家呢？可是，及至它听到点老鼠的响动啊，它又多么尽职，闭息凝视，一连就是几个钟头，非把老鼠等出来不拉倒！

它要是高兴，能比谁都温柔可亲：用身子蹭你的腿，把脖儿伸出来要求给抓痒，或是在你写稿子的时候，跳上桌来，在纸上踩印几朵小梅花。它还会丰富多腔地叫唤，长短不同，粗细各异，变化多端，力避单调。在不叫的时候，它还会咕噜咕噜地给自己解闷。这可都凭它的高兴。它若是不高兴啊，无论谁说多少好话，它一声也不出，连半个小梅花也不肯印在稿纸上！它倔强得很！

是，猫的确是倔强。看吧，大马戏团里什么狮子，老虎，大象，狗熊，甚至于笨驴，都能表演一些玩艺儿，可是谁见过耍猫呢？（昨天才听说：苏联的某马戏团里确有耍猫的，我当然还没亲眼见过。）

这种小动物确是古怪。不管你多么善待它，它也不肯跟着你上街去逛逛。它什么都怕，总想藏起来。可是它又那么勇猛，不要说见着小虫和老鼠，就是遇上蛇也敢斗一斗。它的嘴往往被蜂儿或蝎子螫的肿起来。

赶到猫儿们一讲起恋爱来，那就闹得一条街的人们都不能安睡。它们的叫声是那么尖锐刺耳，使人觉得世界上若是没有猫啊，一定会更平静一些。

可是，及至女猫生下两三个棉花团似的小猫啊，你又不恨它了。它是那么尽责地看护儿女，连上房兜兜风也不肯去了。

郎猫可不那么负责，它丝毫不关心儿女。它或睡大觉，或上屋去乱叫，有机会就和邻居们打一架，身上的毛儿滚成了毡，满脸横七竖八都是伤痕，看起来实在不大体面。好在它没有照镜子的习惯，依然昂首阔步，大喊大叫，它匆忙地吃两口东西，就又去挑战开打。有时候，它两天两夜不回家，可是当你以为它可能已经远走高飞了，它却瘸着腿大败而归，直入厨房要东西吃。

过了满月的小猫们真是可爱，腿脚还不甚稳，可是已经学会淘气。妈妈的尾巴，一根鸡毛，都是它们的好玩具，耍上没结没完。一玩起来，它们不知要摔多少跟头，但是跌倒即马上起来，再跑再跌。它们的头撞在门上，桌腿上，和彼此的头上。撞疼了也不哭。

它们的胆子越来越大，逐渐开辟新的游戏场所。它们到院子里来了。院中的花草可遭了殃。它们在花盆里摔跤，抱着花枝打秋千，所过之处，枝折花落。你不肯责打它们，它们是那么生气勃勃，天真可爱呀。可是，你也爱花。这个矛盾就不易处理。

现在，还有新的问题呢：老鼠已差不多都被消灭了，猫还有什么用处呢？而且，猫既吃不着老鼠，就会想办法去偷捉鸡雏或小鸭什么的开开斋。

这难道不是问题么？

在我的朋友里颇有些位爱猫的。不知他们注意到这些问题没有？记得二十年前在重庆住着的时候，那里的猫很珍贵，须花钱去买。在当时，那里的老鼠是那么猖狂，小猫反倒须放在笼子里养着，以免被老鼠吃掉。据说，目前在重庆已很不容易见到老鼠。那么，那里的猫呢？是不是已经不放在笼子里，还是根本不养猫了呢？这须打听一下，以备参考。

也记得三十年前，在一艘法国轮船上，我吃过一次猫肉。事前，我并不知道那是什么肉，因为不识法文，看不懂菜单。猫肉并不难吃，虽不甚香美，可也没什么怪味道。是不是该把猫都送往法国轮船上去呢？我很难作出决定。

猫的地位的确降低了，而且发生了些小问题。可是，我并不为猫的命运多耽什么心思。想想看吧，要不是灭鼠运动得到了很大的成功，消除了巨害，猫的威风怎会减少了呢？两相比较，灭鼠比爱猫更重要的多，不是吗？我想，世界上总会有那么一天，一切都机械化了，不是连驴马也会有点问题吗？可是，谁能因耽忧驴马没有事作而放弃了机械化呢？

○ 阅读札记

老舍笔下的猫，有时慵懒、温柔，有时天真、淘气，还有着自己的倔强，是那样的灵动又可爱。从文字间，我们可以看到作者对这个小生灵溢于言表的喜爱和细致入微的观察。

小麻雀

/ 老舍

雨后,院里来了个麻雀,刚长全了羽毛。它在院里跳,有时飞一下,不过是由地上飞到花盆沿上,或由花盆上飞下来。看它这么飞了两三次,我看出来:它并不会飞得再高一些,它的左翅的几根长翎拧在一处,有一根特别的长,似乎要脱落下来。我试着往前凑,它跳一跳,可是又停住,看着我,小黑豆眼带出点要亲近我又不完全信任的神气。我想到了:这是个熟鸟,也许是自幼便养在笼中的。所以它不十分怕人。可是它的左翅也许是被养着它的或别个孩子给扯坏,所以它爱人,又不完全信任。想到这个,我忽然的很难过。一个飞禽失去翅膀是多么可怜。这个小鸟离了人恐怕不会活,可是人又那么狠心,伤了它的翎羽。它被人毁坏了,而还想依靠人,多么可怜!它的眼带出进退为难的神情,虽然只是那么个小而不美的小鸟,它的举动与表情可露出极大的委屈与为难。它是要保全它那点生命,而不晓得如何是好。对它自己与人都没有信心,而又愿找到些倚靠。它跳一跳,停一停,看着我,又不敢过来。我想拿几个饭粒诱它前来,又不敢离开,我怕小猫来扑它。可是小猫并没在院里,我很快的跑进厨房,抓来了几个饭粒。及至我回来,小鸟已不见了。我向外院跑去,小猫在影壁前的花盆旁蹲着呢。我忙去驱逐它，它只一扑，把小鸟擒住！被人养惯的小麻雀，连挣扎都不会，尾与爪在猫嘴旁搭拉着，和死去差不多。

瞧着小鸟，猫一头跑进厨房，又一头跑到西屋。我不敢紧追，怕它更咬紧了可又不能不追。虽然看不见小鸟的头部，我还没忘了那个眼神。那个预知生命危险的眼神。那个眼神与我的好心中间隔着一只小白猫。来回跑了几次，我不追了。追上也没用了，我想，小鸟至少已半死了。猫又进了厨房，我愣了一会儿，赶紧的又追了去；那两个黑豆眼仿佛在我心内睁着呢。

进了厨房，猫在一条铁筒——冬天生火通烟用的，春天拆下来便放在厨房的墙角——旁蹲着呢。小鸟已不见了。铁筒的下端未完全扣在地上，开着一个不小的缝儿，小猫用脚往里探。我的希望回来了，小鸟没死。小猫本来才四个来月大，还没捉住过老鼠，或者还不会杀生，只是叼着小鸟玩一玩。正在这么想，小鸟，忽然出来了，猫倒象吓了一跳，往后躲了躲。小鸟的样子，我一眼便看清了，登时使我要闭上了眼。小鸟几乎是蹲着，胸离地很近，象人害肚痛蹲在地上那样。它身上并没血。身子可似乎是蜷在一块，非常的短。头低着，小嘴指着地。那两个黑眼珠！非常的黑，非常的大，不看什么，就那么顶黑顶大的楞着。它只有那么一点活气，都在眼里，象是等着猫再扑它，它没力量反抗或逃避；又象是等着猫赦免了它，或是来个救星。生与死都在这俩眼里，而并不是清醒的。它是胡涂了，昏迷了；不然为什么由铁筒中出来呢？可是，虽然昏迷，到底有那么一点说不清的，生命根源的，希望。这个希望使它注视着地上，等着，等着生或死。它怕得非常的忠诚，完全把自己交给了一线的希望，一点也不动。象把生命要从两眼中流出，它不叫也不动。

小猫没再扑它，只试着用小脚碰它。它随着击碰倾侧，头不动，眼不动，还呆呆的注视着地上。但求它能活着，它就决不反抗。可是并非全无勇气，它是在猫的面前不动！我轻轻的过去，把猫抓住。将猫放在门外，小鸟还没动。我双手把它捧起来。它确是没受了多大的伤，虽然胸上落了点毛。它看了我一眼！

我没主意：把它放了吧，它准是死？养着它吧，家中没有笼子。我捧着它好象世上一切生命都在我的掌中似的，我不知怎样好。小鸟不动，蜷着身，两眼还那么黑，等着！楞了好久，我把它捧到卧室里，放在桌子上，看着它，它又楞了半天，忽然头向左右歪了歪用它的黑眼睁了一下；又不动了，可是身子长出来一些，还低头看着，似乎明白了点什么。

○阅读札记

作者遇见了一只受伤的小鸟，从它的动作和黑豆般的眼中猜测着它的来历与心理。他想要帮助它，却被小猫打乱了计划……小鸟的防范与无助、小猫的淘气在作者笔下是那样的生动和扣人心弦。

小动物们

/ 老舍

鸟兽们自由的生活着，未必比被人豢养着更快乐。据调查鸟类生活的专门家说，鸟啼绝不是为使人爱听，更不是以歌唱自娱，而是占据猎取食物的地盘的示威；鸟类的生活是非常的艰苦。兽类的互相残食是更显然的。这样，看见笼中的鸟，或柙中的虎，而替它们伤心，实在可以不必。可是，也似乎不必替它们高兴；被人养着，也未尽舒服。生命仿佛是老在魔鬼与荒海的夹缝儿，怎样也不好。

我很爱小动物们。我的"爱"只是我自己觉得如此；到底对被爱的有什么好处，不敢说。它们是这样受我的恩养好呢，还是自由的活着好呢？也不敢说。把养小动物们看成一种事实，我才敢说些关于它们的话。下面的述说，那么，只是为述说而述说。

先说鸽子。我的幼时，家中很贫。说出"贫"来，为是声明我并养不起鸽子；鸽子是种费钱的活玩艺儿。可是，我的两位姐丈都喜欢玩鸽子，所以我知道其中的一点儿故典。我没事儿就到两家去看鸽，也不短随着姐丈们到鸽市去玩；他们都比我大着二十多岁。我的经验既是这样来的，而且是幼时的事，恐怕说得不能很完全了；有好多鸽子名已想不起来了。

鸽的名样很多。以颜色说，大概应以灰、白、黑、紫为基本色儿。可是全灰全白全黑全紫的并不值钱。全灰的是楼鸽，院中撒些米就会来一群；物是以缺者为贵，楼鸽太普罗。有一种比楼鸽小，灰色也浅一些的，才是真正的"灰"；但也并不很贵重。全白的，大概就叫"白"吧，我记不清了。全黑的叫黑儿，全紫的叫紫箭，也叫猪血。

猪血们因为羽色单调，所以不值钱，这就容易想到值钱的必是杂色的。杂色的种类多极了，就我所知道的——并且为清楚起见——可以分作下列的四大类：点子、乌、环、玉翅。点子是白身腔，只在头上有手指肚大的一块黑，或紫；尾是随着头上那个点儿，黑或紫。这叫作黑点子和紫点子。乌与点子相近，不过是头上的黑或紫延长到肩与胸部。这叫黑乌或紫乌。这种又有黑翅的或紫翅的，名铁翅乌或铜翅乌——这比单是乌又贵重一些。还有一种，只有黑头或紫头，而尾是白的，叫作黑乌头或紫乌头；比乌的价钱要贱一些。刚才说过了，乌的头部的黑或紫毛是后齐肩，前及胸的。假若黑或紫毛只是由头顶到肩部，而前面仍是白的，这便叫作老虎帽，因为很像廿年前通行的风帽；这种确是非常的好看，因而价值也就很高。在民国初年，兴了一阵子蓝乌和蓝乌头，头尾如乌，而是灰蓝色儿的。这种并不好看，出了一阵子锋头也就拉倒了。

环，简单的很：全白而项上有一黑圈者叫墨环；反之，全黑而项上有白圈者是玉环。此外有紫环，全白而项上有一紫环。"环"这种鸽似乎永远不大高贵。大概可以这么说，白尾的鸽是不易与黑尾或紫尾的相抗，因为白尾的飞起来不大美。

玉翅是白翅边的。全灰而有两白翅是灰玉翅；还有黑玉翅、紫玉翅。所谓白翅，有个讲究：翅上的白翎是左七右八。能够这样，飞起来才正好，白边儿不过宽，也不过窄。能生成就这样的，自然很少，所以鸽贩常常作假，硬插上一两根，或拔去些，是常有的事。这类中又有变种：玉翅而有白尾的，比如一只黑鸽而有左七右八的白翅翎，同时又是白尾，便叫作三块玉。灰的、紫的，也能这样。要是连头也是白的呢便叫作四块玉了。四块玉是比较有些价值的。

在这四大类之外，还有许多杂色的鸽。如鹤袖，如麻背，都有些价值，可不怎么十分名贵。在北平，差不多是以上述的四大类为主。新种随时有，也能时兴一阵，可都不如这四类重要与长远。

就这四大类说，紫的老比别的颜色高贵。紫色儿不容易长到好处，太深了就遭猪血之诮，太浅了又黄不唧的寒酸。况且还容易长"花了"呢，特别是在尾巴上，翎的末端往往露出白来，像一块癣似的，把个尾巴就毁了。

紫以下便是黑，其次为灰。可是灰色如只是一点，如灰头、灰环，便又可贵了。

这些鸽中，以点子和乌为"古典的"。它们的价值似乎永远不变，虽然普通，可是老是鸽群之主。这么说吧，飞起四十只鸽，其中有过半的点子和乌，而杂以别种，便好看。反之，则不好看。要是这四十只都是点子，或都是乌，或点子与乌，便能有顶好的阵容。你几乎不能飞四十只环或玉翅。想想看吧：点子是全身雪白，而有个黑或紫的尾，飞起来像一群玲珑的白鸥；及至一翻身呢，那黑或紫的尾给这轻洁的白衣一个色彩深厚的裙儿，既轻妙而又厚重。假若是太阳在西边，而东方有些黑云，那就太美了：白翅在黑云下自然分外的白了；一斜身儿呢，黑尾或紫尾——最好是紫尾——迎着阳光闪起一些金光来！点子如是，乌也如是。白尾巴的，无论长得多么体面，飞起来没这种美妙，要不怎么不大值钱呢。铁翅乌或铜翅乌飞起来特别的好看，像一朵花，当中一块白，前后左右都镶着黑或紫，它使人觉得安闲舒适。可是铜翅乌几乎永远不飞，飞不起，贱的也得几十块钱一对儿吧。玩鸽子是满天飞洋钱的事儿,洋钱飞起却是不如在手里牢靠的。

可是,鸽子的讲究儿不专在飞,正如女子出头露脸不专仗着能跑五十米。它得长得俊。先说头吧,平头或峰头(峰读如凤;也许就是凤,而不是峰,)便决定了身价的高低。所谓峰头或凤头的,是在头上有一撮立着的毛;平头是光葫芦。自然凤头的是更美,也更贵。峰——或凤——不许有杂毛,黑便全黑,紫便全紫,搀着白的便不够派儿。它得大,而且要像个荷包似的向里包包着。鸽贩常把峰的杂毛剔去,而且把不像荷包的收拾得像荷包。这样收拾好的峰,就怕鸽子洗澡,因为那好看的头饰是用胶粘的。

头最怕鸡头,没有脑杓儿,楞头磕脑的不好看。头须像算盘子儿,圆忽忽的,丰满。这样的头,再加上个好峰,便是标准美了。

眼,得先说眼皮。红眼皮的如害着眼病,当然不美。所以要强的鸽子得长白眼皮。宽宽的白眼皮,使眼睛显着大而有神。眼珠也有讲究,豆眼、隔棱眼,都是要不得的。可惜我离开鸽子们已念多年,形容不上来豆眼等是什么样子了;有机会到北平去住几天,我还能把它们想起来,到鸽市去两趟就行了。

嘴也很要紧。无论长得多么体面的鸽,来个长嘴,就算完了事。要不怎么,有的鸽虽然很缺少,而总不能名贵呢;因为这种根本没有短嘴的。鸽得有短嘴!厚厚实实的,小墩子嘴,才好看。

头部以外,就得论羽毛如何了。羽毛的深浅,色的支配,都有一定的。老虎帽的帽长到何处,虎头的黑或紫毛应到胸部的何处,都不能随便。出一个好鸽与出一个美人都是历史的光荣。

身的大小,随鸽而异。羽色单调一些的,像紫箭等,自然是越大越蠢,所以以短小玲珑为贵。像点子与乌什么的,个子大一点也不碍事。不过,嘴儿短,长得娇秀,自然不会发展得很粗大了,所以美丽的鸽往往是小个儿。

大个子的，长嘴儿的，可也有用处。大个子的身强力壮翅子硬，能飞，能尾上戴鸽铃，所以它们是空中的主力军。别的鸽子好看，可供地上玩赏；这些老粗儿们是飞起来才见本事，故尔也还被人爱。长嘴儿也有用，孵小鸽子是它们的事：它们的嘴长，"喷"得好——小鸽不会自己吃东西，得由老鸽嘴对嘴的"喷"。再说呢，喷的时候，老的胸部羽毛便糙了；谁也不肯这么牺牲好鸽。好鸽下的蛋，总被人拿来交与丑鸽去孵，丑鸽本来不值钱，身上糙旧一点也没关系。要作鸽就得美呀，不然便很苦了。

有的丑鸽，仿佛知道自己的相貌不扬，便长点特别的本事以与美鸽竞争。有力气戴大鸽铃便是一例。可是有力气还不怎样新奇，所以有的能在空中翻跟头。会翻跟头的鸽在与朋友们一块飞起的时候，能飞着飞着便离群而翻几个跟头，然后再飞上去加入鸽群，然后又独自翻下来。这很好看，假若它是白色的，就好像由蓝空中落下一团雪来似的。这种鸽的身体很小，面貌可不见得美。他有个标帜，即在项上有一小撮毛儿，倒长着。这一撮倒毛儿好像老在那儿说："你瞧，我会翻跟头！"这种鸽还有个特点，脚上有毛儿，像诸葛亮的羽扇似的。一走，便扑喳扑喳的，很有神气。不会翻跟头的可也有时候长着毛脚。这类鸽多半是全灰全白或全黑的。羽毛不佳，可是有本事呢。

为养毛脚鸽，须盖灰顶的房，不要瓦。因为瓦的棱儿往往伤了毛脚而流出血来。

哎呀！我说"先说鸽子"，已经三千多字了，还没说完！好吧，下回接着说鸽子吧，假若有人爱听。我的题目《小动物们》，似乎也有加上个"鸽"的必要了。

○ 阅读札记

　　老舍对小动物们是真正喜爱的，所以才会去思考鸟兽们被人类豢养是否更快乐。老舍本想写一篇关于小动物们的文章，以鸽子为开头，没想到一开头就停不下来，可见他对鸽子的喜爱之心。

海燕

/ 郑振铎

　　乌黑的一身羽毛，光滑漂亮，积伶积俐，加上一双剪刀似的尾巴，一对劲俊轻快的翅膀，凑成了那样可爱的活泼的一只小燕子。当春间二三月，轻飔微微的吹拂着，如毛的细雨无因的由天上洒落着，千条万条的柔柳，齐舒了它们的黄绿的眼，红的白的黄的花，绿的草，绿的树叶，皆如赶赴市集者似的奔聚而来，形成了烂漫无比的春天时，那些小燕子，那些伶俐可爱的小燕子，便也由南方飞来，加入了这个隽妙无比的春景的图画中，为春光平添了许多的生趣。小燕子带了它的双剪似的尾，在微风细雨中，或在阳光满地时，斜飞于旷亮无比的天空之上，唧的一声，已由这里稻田上，飞到了那边的高柳之下了。另有几只却隽逸的在粼粼如縠纹的湖面横掠着，小燕子的剪尾或翼尖，偶沾了水面一下，那小圆晕便一圈一圈的荡漾了开去。那边还有飞倦了的几对，闲散的憩息于纤细的电线上，——嫩蓝的春天，几支木杆，几痕细线连于杆与杆间，线上是停着几个粗而有致的小黑点，那便是燕子，是多么有趣的一幅图画呀！还有一家家的快乐家庭，他们还特为我们的小燕子备了一个两个小巢，放在厅梁的最高处，假如这家有了一个匾额，那匾后便是小燕子最好的安巢之所。第一年，小燕子来住了，第二年，我们的小燕子，就是去年的一对，它们还要来住。

"燕子归来寻旧垒。"

还是去年的主，还是去年的宾，他们宾主间是如何的融融泄泄呀！偶然的有几家，小燕子却不来光顾，那便很使主人忧戚；他们邀召不到那么隽逸的嘉宾，每以为自己运命的蹇劣呢。

这便是我们故乡的小燕子，可爱的活泼的小燕子，曾使几多的孩子们欢呼着，注意着，沉醉着，曾使几多的农人们市民们忧戚着，或舒怀的指点着，且曾平添了几多的春色，几多的生趣于我们的春天的小燕子！

如今，离家是几千里，离国是几千里，托身于浮宅之上，奔驰于万顷海涛之间，不料却见着我们的小燕子。

这小燕子，便是我们故乡的那一对、两对么？便是我们今春在故乡所见的那一对、两对么？

见了它们，游子们能不引起了——至少是轻烟似的、一缕两缕的乡愁么？

海水是皎洁无比的蔚蓝色，海波是平稳得如春晨的西湖一样；偶有微风，只吹起了绝细绝细的千万个粼粼的小皱纹，这更使照晒于初夏之太阳光之下的、金光灿烂的水面，显得温秀可喜。我没有见过那么美的海！天上也是皎洁无比的蔚蓝色，只有几片薄纱似的轻云，平贴于空中，就如一个女郎，穿了绝美的蓝色夏衣，而颈间却围绕了一段绝细绝轻的白纱巾。我没有见过那么美的天空！我们倚在青色的船栏上，默默的望着这绝美的海天；我们一点杂念也没有，我们是被沉醉了，我们是被带入晶天中了。

就在这时，我们的小燕子，二只，三只，四只，在海上出现了。它们仍是隽逸的从容的在海面上斜掠着，如在小湖面上一样；海水被它的似剪的尾与翼尖一打，也仍是连漾了好几圈圆晕。小小的燕子，浩莽的大海，飞着飞着，不会觉得倦么？不会遇着暴风疾雨吗？我们真替它们担心呢！

小燕子却从容的憩着了。它们展开了双翼，身子一落，落在海面上了，双翼如浮圈似的支持着体重，活是一只乌黑的小水禽，在随波上下的浮着，又安闲，又舒适。海是它们那么安好的家，我们真是想不到。

在故乡，我们还会想象得到我们的小燕子是这样的一个海上英雄么？

海水仍是平贴无波，许多绝小绝小的海鱼，为我们的船所惊动，群向远处窜去；随了它们飞窜着，水面起了一条条的长痕，正如我们当孩子时之用瓦片打水漂在水面所划起的长痕。这小鱼是我们小燕子的粮食么？

小燕子在海面上斜掠着，浮憩着。它们果是我们故乡的小燕子么？

啊，乡愁呀，如轻烟似的乡愁呀！

○阅读札记

在离国千里的海面上偶遇了一群燕子，它们与故乡的燕子一样活泼可爱，这一对、两对的燕子是故乡的燕子吗？"燕子归来寻旧垒"，这一群可爱又坚韧的生灵勾起了羁旅之人如轻烟似的乡愁。

蝉与纺织娘

/ 郑振铎

你如果独自坐在窗内,静悄悄地没一个人来打扰你,一点钟二点钟的过去,嘴里衔着一支烟,躺在沙发上慢慢地喷着烟云,看它一白圈一白圈的升上,那么在这静境之内,你便可以听到那墙角阶前的鸣虫的奏乐。

那鸣虫的作响,真不是凡响;如果你曾听见过曼杜令的低奏,你曾听见过一支洞箫在月下湖上独吹着,你曾听见过红楼重幔中透漏出的弦管声,你曾听见过流水淙淙的由溪石间流过,或你曾倚在山阁上听着飒飒的松风在足下拂过,那么,你便可以把那如何清幽的鸣虫之叫声想象到一二了。

虫之乐队,因季候的关系,而颇有不同:夏天与秋令的虫声,便是截然的两样。蝉之声是高旷的,享乐的,带着自己满足之意的;它高高的栖在梧桐树,或竹枝上,迎风而唱,那是生之歌,生之盛年之歌,那是结婚歌,那是中世纪武士美人的大宴时的行吟诗人之歌,无论听了那叽……叽……的曼长音,或叽格……叽格……的较短声,都可同样受到一种轻快的美感。秋虫的鸣声最复杂;但无论纺织娘的咭嘎,蟋蟀的唧唧,金铃子的叮令,还有无数无数不可名状的秋虫之鸣声,其音调之凄抑却都是一样的:他们唱的是秋之歌，是暮年之歌，是薤露之曲。他们的歌声，是如秋风之扫落叶，怨妇之奏琵琶，孤峭而幽奇，清远而凄迷，低回而愁肠百结。你如果是一个孤客，独宿于荒郊逆旅，一盏荧荧的油灯，对着一张板床，一张木桌，一二张硬板凳，再一听见四壁唧唧知知的虫声间作，那你今夜便不用再想稳稳当当的安睡了。什么愁情，乡思，以及人生之悲感，都会一串一串的从根儿勾引起来，在你心上翻来覆去，如白老鼠在戏笼中走轮盘一般，一上去便不用想下来憩息。……如果那一夜是一个月夜，天井里统是银白色，枯秃的树影，一根一条的很清朗的印在地上，那么你的感触将更深了，那也许就是所谓悲秋。

秋虫之声，大概都在蝉之夏曲已告终之后出现，那正与气候之寒暖相应。但我却有一次奇异的经验；在无数的纺织娘之鸣声已来了之后，却又听得满耳蝉声。我想我们的读者中有这种经验的人必是不多的。

我在山中，每天听见的只有蝉声，鸟声还比不上。那时天气是很热，即在山上，也觉得并不凉爽。正午的时候，躺在廊前的藤榻上，要求一点的凉风，却见满山的竹树梢头，一动也不动，看看足底下的花草也都静的站着，似老僧入了定似的。风扇之类既得不到，只好不断的用手巾来拭汗，不断的在摇挥那纸扇了。在这时候，往往有几缕的蝉声在槛外鸣奏着。闭了目，静静的听了它们在忽高忽低，忽断忽续，此唱彼和，仿佛是一大阵绝清幽的乐阵在那里奏着绝清幽的曲子，炎热似乎也减少了，然后，蒙胧的蒙胧的睡去了，什么都不觉得。良久，良久，清梦醒来时，却又是满耳的蝉声，山中的蝉真多！绝早的清晨，老妈子们和小孩子们常去抱着竹竿乱摇一阵，而一只二只的蝉便要跟随了朝露而落到地上了。每一个早晨，在我们滴翠轩的左近，至今是百只以上的蝉是这样的被捉，但蝉声却并不减少。……

半个月过去了；有的时候，似乎蝉声略少，第二天却又多了起来，虽然叽……叽……的不息的鸣着，却并不觉喧扰；所以大家都不讨厌它们。我却特别的爱听它们的歌唱，那样的高旷清远的调子，在什么音乐会中可以听得到！所以我每以蝉声将绝为虑，时时的干涉孩子们捕捉。

到了一夜，狂风大作，雨点如从水龙头上喷出似的，向槛内廊上倾倒。第二天还不放晴。再过一天，晴了，天气却很凉，蝉声乃不再听见了！全山上在鸣唱着的却换了一种咭嘎……咭嘎……的急促而凄楚的调子，那是纺织娘。

"秋天到了。"我这样的说着，颇动了归心。

再一天，纺织娘还是咭嘎咭嘎的唱着。

然而第三天早晨，当太阳晒得满山时，蝉声却又听见了，且很不少。我初听不信；叽……叽……叽格……叽格……那确是蝉声！纺织娘之声又潜踪了。

蝉回来了，跟它回来的是炎夏。从箱中取出的棉衣又复放入箱中。下山之计遂又打消了。

谁曾于听了纺织娘歌声之后再听了蝉之夏曲呢？这是我的一个有趣的经验。

○阅读札记

虫鸣是大自然的乐音，在清幽的山间，虫鸣是美妙的，也是季节交替的使者。夏虫的鸣声，让人有生之盛年之感；秋虫的鸣声，则让人生出悲戚、凄迷之情。作者在山中的一场奇妙经历，让他惊奇的同时，亦感叹自然的神奇。

蝴蝶的文学

/ 郑振铎

一

春送了绿衣给田野，给树林，给花园；甚至于小小的墙隅屋角，小小的庭前阶下，也点缀着新绿。就是油碧色的湖水，被春风粼粼的吹动，山间的溪流也开始淙淙汩汩的流动了；于是黄的、白的、红的、紫的、蓝的以及不能名色的花开了，于是黄的、白的、红的、黑的以及不能名色的蝴蝶们，从蛹中苏醒了，舒展着美的耀人的双翼，栩栩在花间，在园中飞了；便是小小的墙隅屋角，小小的庭前阶下，只要有新绿的花木在着的，只要有什么花舒放着的，蝴蝶们也都栩栩的来临了。

蝴蝶来了，偕来的是花的春天。

当我们在和暖宜人的阳光底下，走到一望无际的开放着金黄色的花的菜田间，或杂生着不可数的无名的野花的草地上时，大的小的蝴蝶们总在那里飞翔着。一刻飞向这朵花，一刻飞向那朵花，便是停下了，双翼也还在不息不住的扇动着。一群儿童们嬉笑着追逐在它们之后，见它们停下了，悄悄的便蹑足走近，等到他们走近时，蝴蝶却又态度闲暇的舒翼飞开。

呵，蝴蝶！它便被追，也并不现出匆急的神气。

——日本的俳句，我乐作

在这个时候，我们似乎感得全个宇宙都耀着微笑，都泛溢着快乐，每个生命都存生长，在向前或向上发展。

二

在东方，蝴蝶是我们最喜欢的东西之一，画家很高兴画蝶。甚至于在我们古式的账眉上，常常是绘饰着很工细的百蝶图——我家以前便有二幅账眉是这样的。在文学里，蝴蝶也是他们所很喜欢取用的题材之一。歌咏蝴蝶的诗歌或赋，继续的产生了不少。梁时刘孝绰有《咏素蝶》一诗：

> 随峰绕绿蕙，避雀隐青薇。
> 映日忽争起，因风乍共归。
> 出没共中见，参差叶际飞。
> 芳华幸勿谢，嘉树欲相依。

同时如简文帝（萧纲）诸人也作有同题的诗。于是明时有一个钱文荐的做了一篇《蝶赋》，便托言梁简文与刘孝绰同游后园，"见从风蝴蝶，双飞花上"，孝绰就作此赋以献简文。此后，李商隐、郑谷、苏轼诸诗人并有咏蝶之作，而谢逸一人作了蝶诗三百首，最为著名，人称之为"谢蝴蝶"。

> 叶叶复翻翻，斜桥对侧门。

芦花唯有白，柳絮可能温？

西子寻遗殿，昭君觅故村。

年年方物尽，来别败兰荪。

———李商隐

寻艳复寻香，似闲还似忙。

暖烟沉蕙径，微雨宿花房。

书幌轻随梦，歌楼误采妆，

王孙深属意，绣入舞衣裳。

———郑谷

双肩卷铁丝，两翅晕金碧。

初来花争妍，忽去鬼无迹。

———苏轼

何处轻黄双小蝶，翩翩与我共徘徊。

绿阴芳草佳风月，不是花时也解来。

———陆游

桃红李白一番新，对舞花前亦可人。

才过东来又西去，片时游遍满园春。

江南日暖午风细，频逐卖花人过桥。

············

———谢逸

像这一类的诗，如要集在一起，至少可以成一大册呢。然而好的实在是没有多少。

在日本的俳句里，蝴蝶也成了他们所喜咏的东西，小泉八云曾著有《蝴蝶》一文，中举咏蝶的日本俳句不少，现在转译十余首于下。

就在睡中吧，它还是梦着在游戏——呵，草的蝴蝶。

——护物

醒来！醒来！——我要与你做朋友，你睡着的蝴蝶。

——芭蕉

呀，那只笼鸟眼里的忧郁的表示呀；——它妒羡着蝴蝶！

——作者不明

当我看见落花又回到枝上时——呵，它不过是一只蝴蝶！

——守武

蝴蝶怎样的与落花争轻呵！

——春海

看那只蝴蝶飞在那个女人的身旁——在她前后飞翔着。

——素园

哈！蝴蝶！——它跟随在偷花者之后呢！

——丁涛

可怜的秋蝶呀！它现在没有一个朋友，却只跟在人的后边呀！

——可都里

至于蝴蝶们呢，他们都只有十七八岁的姿态。

——三津人

蝴蝶那样的游戏着——若在这个世界上没有一个敌人似的！

——作者未明

呀，蝴蝶！——它游戏着，似乎在现在的生活里，没有一点别的希求。

——茶

在红花上的是一只白的蝴蝶，我不知是谁的魂。

——子规

我若能常有追捉蝴蝶的心肠呀！

——杉长

三

我们一讲起蝴蝶，第一便会联想到关于庄周的一段故事。《庄子·齐物论》道："昔者庄周梦为蝴蝶，栩栩然蝴蝶也，自喻适志与，不知周也。俄然觉，则蘧蘧然周也。不知周之梦为蝴蝶与？蝴蝶之梦为周与？周与蝴蝶，则必有分矣。此之为物化。"这一段简短的话，又合上了"庄子妻死，惠子吊之。庄子方箕踞，鼓盆而歌"（《至乐篇》）的一段话，后来便演变成了一个故事。这故事的大略是如此：庄周为李耳的弟子，尝昼寝梦为蝴蝶，"栩栩然于园林花草之间，其意甚适。醒来时，尚觉臂膊如两翅飞动，心甚异之。以后不时有此梦"。他便将此梦诉之于师。李耳对他指出夙世因缘。原来那庄生是混沌初分时一个白蝴蝶，因偷采蟠桃花蕊，为王母位下守花的青鸾啄死。其神不散，托生于世做了庄周。他被师点破前生，便把世情看做行云流水，一丝不挂。他娶妻田氏，二人共隐于南华山。一日，庄周出游山下，见一新坟封土未干，一少妇坐于冢旁，用扇向冢连扇不已，便问其故。少妇说，她丈夫与她相爱，死时遗言，如欲再嫁，须待坟土干了方可。因此举扇扇之。庄子便向她要过扇来，替她一扇，坟土立刻干了。少妇起身致谢，以扇酬他而去。庄子回来，慨叹不已。田氏闻知其事，大骂那少妇不已。庄子道："生前个个说恩深，死后人人欲扇坟。"田氏大怒，向他立誓说，如他死了，她决不再嫁。不多几日，庄子得病而死。死后七日，有楚王孙来寻庄子，知他死了，便住于庄子家中，替他守丧百日。田氏见他生得美貌，对他很有情意。后来，二人竟恋爱了，结婚了。结婚时，王孙突然的心疼欲绝。王孙之仆说，欲得人的脑髓吞之才会好。田氏便去拿斧劈棺，欲取庄子之脑髓。不料棺盖劈裂时，庄子却叹了一口气从棺内坐起。田氏吓得心头乱跳，不得已将庄子从棺内扶出。这时，寻王孙时，他主仆二人早已不见了。庄子说她道："甫得盖棺遭斧劈，如何等待扇干坟！"又用手向外指道："我教你看两个人。"田氏回头一看，只见楚王孙及其仆踱了进来。她吃了一惊，转身时，不见了庄生，再回头时，连王孙主仆也不见了。"原来此皆庄生分身隐形之法。"田氏自觉羞辱不堪，便悬梁自缢而死。庄子将她尸身放入劈破棺木时，敲着瓦盆，依棺而歌。

这个故事，久已成了我们的民间传说之一。最初将庄子的两段话演为故事的在什么时代，我们已不能知道，然在宋金院本中，已有《庄周梦》的名目（见《辍耕录》）。其后元明人的杂剧中，更有几种关于这个故事的：《鼓盆歌庄子叹骷髅》一本（李寿卿作）、《老庄周一枕蝴蝶梦》一本（史九敬先作）、《庄周半世蝴蝶梦》一本（明无名氏作）。

这些剧本现在都已散佚，所可见到的只有《今古奇观》第二十回《庄子休鼓盆成大道》一篇东西。然诸院本杂剧所叙的故事，似可信其与《今古奇观》中所叙者无大区别。可知此故事的起源，必在南宋的时候，或更在其前。

四

韩凭妻的故事较庄周妻的故事更为严肃而悲惨。宋大夫韩凭，娶了一个妻子，生得十分美貌。宋康王强将凭妻夺来。凭悲愤自杀。凭妻悄悄地把她的衣服弄腐烂了。康王同她登高台远眺。她投身于台下而死。侍臣们急握其衣，却着手化为蝴蝶。（见《搜神记》）

由这个故事更演变出一个略相类的故事。《罗浮旧志》说："罗浮山有蝴蝶洞在云峰岩下，古木丛生，四时出彩蝶，世传葛仙遗衣所化。"

我少时住在永嘉，每见彩色斑斓的大凤蝶，双双的飞过墙头时，同伴的儿童们都指着他们而唱道："飞，飞！梁山伯、祝英台！"《山堂肆考》说："俗传大蝶出必成双，乃梁山伯、祝英台之魂，又韩凭夫妇之魂，皆不可晓。"梁祝的故事，与韩凭夫妻事是绝不相类的，是关于蝴蝶的最凄惨而又带有诗趣的一个恋爱的故事。这个故事的来源不可考，至现在则已成了最流传的民间传说。也许有人以为它是由韩凭夫妻的故事蜕化而出，然据我猜想，这个故事似与韩凭夫妻的故事没有什么关系。大约是也许有的地方流传着韩凭夫妻的故事，便以那飞的双凤蝶为韩凭夫妻。有的地方流传着梁山伯祝英台的故事，便以那双飞的凤蝶为梁山伯祝英台。

梁山伯是梁员外的独生子，他父亲早死了。十八岁时，别了母亲到杭州去读书。在路上遇见祝英台；祝英台是一个女子，假装为男子，也要到杭州去读书。二人结拜为兄弟，同到杭州一家书塾里攻学。同居了三年，山伯始终没有看出祝英台是女子。后来，英台告辞先生回家去了；临别时，悄悄的对师母说，她原是一个女子，并将她恋着山伯的情怀诉述出。山伯送英台走了一程；她屡以言挑探山伯，欲表明自己是女子，而山伯俱不悟。于是，她说道：她家中有一个妹妹，面貌与她一样，性情也与她一样，尚未定婚，叫他去求亲。二人就此相别。英台到了家中，时时恋念着山伯，怪他为什么好久不来求婚。后来，有一个马翰林来替他的儿子文才向英台父母求婚，他们竟答应了他。英台得知这个消息，心中郁郁不乐。这时，山伯在杭州也时时恋念着英台——是朋友的恋念。一天，师母见他忧郁不想读书的神情，知他是在想念着英台，便告诉他英台临别时所说的话，并述及英台之恋爱他。山伯大喜欲狂，立刻束装辞师，到英台住的地方来。不幸他来得太晚了，太晚了！英台已许与马家了！二人相见述及此事，俱十分的悲郁，山伯一回家便生了病，病中还一心恋念着英台。他母亲不得已,只得差人请英台来安慰他。英台来了,他的病觉得略好些。后来,英台回家了,他的病竟日益沉重而至于死。英台闻知他的死耗,心中悲抑如不欲生。然她的喜期也到了。她要求须先将喜轿抬至山伯墓上,然后至马家,他们只得允许了她这个要求。她到了坟上,哭得十分伤心,欲把头撞死在坟石上,亏得丫环把她扯住了。然山伯的魂灵终于被她感动了,坟盖突然的裂开了。英台一见,急,忙钻入坟中。他们来扯时,坟石又已合缝,只见她的裙儿飘在外面而不见人。后来他们去掘坟。坟掘开了,不唯山伯的尸体不见,便连英台的尸体也没有了,只见两个大凤蝶由坟的破处飞到外面,飞上天去。他们知道二人是化蝶飞去了。

这个故事感动了不少民间的少年男女。看它的结束甚似《华山畿》的故事。《古今乐录》说:"华山畿者,宋少帝时《懊恼》一曲,亦变曲也。少帝时南徐一士子,从华山畿往云阳,见客舍有女子,年十八九。悦之无因,遂感心疾。母问其故,具以启母,母为至华山寻访,见女,具说,女闻感之,因脱蔽膝;令母密置其席下,卧之当已。少日果差。忽举席见蔽膝而抱持,遂吞食而死。气欲绝,谓母曰:'葬时,车载从华山度。'母从其意。比至女门,牛不肯前,打拍不动。女曰:'且待须臾。'装点沐浴既而出,歌曰:'华山畿,君既为侬死,独活为谁施!欢若见怜时,棺木为侬开。'棺应声开。女遂入棺。家人扣打,无如之何,乃合葬,呼曰神女冢。"也许便是从《华山畿》的故事里演变而成为这个故事的。

五

梁山伯祝英台以及韩凭夫妻,在人间不能成就他们的终久的恋爱,到了死后,却化为蝶而双双的栩栩的飞在天空,终日的相伴着。同时又有一个故事，却是蝶化为女子而来与人相恋的。《六朝录》言：刘子卿住在庐山，有五彩双蝶，来游花上，其大如燕。夜间，有两个女子来见他，说："感君爱花间之物，故来相谐，君子其有意乎？"子卿笑曰："愿伸缱绻。"于是这两个女子便每日到子卿住处来一次，至于数年之久。

蝶之化为女子，其故事仅见于上面的一则，然蝶却被我东方人视为较近于女性的东西。所以女子的名字用"蝶"字的不少，在日本尤其多（不过男子也有以蝶为名）。现在的舞女尚多用蝶花、蝶吉、蝶之助等名。私人的名字，如"谷超"（Kocho）或"超"（Cho），其意义即为蝴蝶。陆奥的地方，尚存称家中最幼之女为"太郭娜"（Tekona）之古俗，"太郭娜"即陆奥土语之蝴蝶。在古时，"太郭娜"这个字又为一个美丽的妇人的别名。

然在中国蝶却又为人所视为轻薄无信的男子的象征。粉蝶栩栩的在花间飞来飞去，一时停在这朵花上，隔一瞬，又停在那一朵花上，正如情爱不专一的男子一样。又在我们中国最通俗的小说如《彭公案》之类的书，常见有花蝴蝶之名；这个名字是给予那些喜爱任何女子的色情狂的盗贼的。他们如蝴蝶之闻花的香气即飞去寻找一样，一见有什么好女子，便追踪于她们之后，而欲一逞。

在这个地方，所指的蝴蝶便与上文所举的不同，已变为一种慕逐女子的男性，并非上文所举的女性的象征了。所以，蝴蝶在我们东方的文学里，原是具有异常复杂的意义的。

六

蝶在我们东方，又常被视为人的鬼魂的显化。梁祝及韩凭的二故事，似也有些受这个通俗的观念的感发。这种鬼魂显化的蝶，有时是男子显化的，有时是女子显化的。《春渚纪闻》说："建安章国老之室宜兴潘氏，既归国老，不数岁而卒。其终之日，室中飞蝶散满，不知其数，闻其始生，亦复如此。即设灵席，每展遗像，则一蝶停立久久而去。后遇避讳之日，与曝像之次，必有一蝶随至，不论冬夏也。其家疑其为花月之神。"这个故事还未说蝶就是亡去少妇的魂。《癸辛杂识》所记的二事，乃直接的以蝶为人的魂化。"杨昊字明之，娶江氏少女，连岁得子。明子客死之明日，有蝴蝶大如掌，徊翔于江氏旁，竟日乃去。及闻讣，聚族而哭，其蝶复来，绕江氏，饮食起居不置也。盖明之未能割恋于少妻稚子，故化蝶以归尔。……杨大芳娶谢氏，亡未殓。有蝶大如扇，其色紫褐，翩翩自帐中徘徊飞集窗户间，终日乃去。"

日本的故事中，也有一则关于魂化为蝶的传说。东京郊外的某寺坟地之后，有一间孤零零立着的茅舍，是一个老人名为高滨（Takaha-ma）的所住的房子。他很为邻居所爱，然同时人又多自之为狂。他并不结婚，所以只有一个人。人家也没有看见他与什么女子有关系。他如此孤独的住着，不觉已有五十年了。某一年夏天，他得了一病，自知不起，便去叫了弟媳及她的一个三十岁的儿子来伴他。某一个晴明的下午，弟媳与她的儿子在床前看视他，他沉沉的睡着了。这时有一只白色大蝶飞进屋，停在病人的枕上。老人的侄用扇去逐它，但逐了又来。后来它飞出到花园中，侄也追出去，追到坟地上。它只在他面前飞，引他深入坟地。他见这蝶飞到一个妇人坟上，突然的不见了。他见坟石上刻着这妇人名明子（Akiko）死于十八岁。这坟显然已很久了，绿苔已长满了坟石上。然这坟收拾得干净，鲜花也放在坟前，可见还时时有人在看顾她。这少年回到屋内时，老人已于睡梦中死了，脸上现出笑容。这少年告诉母亲在坟地上所见的事，他母亲道："明子！唉！唉！"少年问道："母亲，谁是明子？"母亲答道："当你伯父少年时，他曾与一个可爱的女郎名明子的定婚。在结婚前不久，她患肺病而死。他十分的悲切。她葬后，他便宣言此后永不娶妻，且筑了这座小屋在坟地旁，以便时时可以看望她的坟。这已是五十年前的事了。在这五十年中，你伯父不问寒暑，天天到她坟上祷哭，且以物祭之。但你伯父对人并不提起这事。所以，现在，明子知他将死，便来接他。那大白蝶就是她的魂呀。"

在日本又有一篇名为《飞的蝶簪》的通俗戏本，其故事似亦是从鬼魂化蝶的这个概念里演变出。蝴蝶是一个美丽的女子，因被诬犯罪及受虐待而自杀。欲为她报仇的人怎么设法也寻不出那个害她的人。但后来，这个死去妇人的发簪，化成了一只蝴蝶，飞翔于那个恶汉藏身的所在之上面，指导他们去捉他，因此报了仇。

七

《蝴蝶梦》一剧是中国古代很流行的剧本之一。宋金院本中有《蝴蝶梦》的一个名目，元剧中有关汉卿的一本《包待制三勘蝴蝶梦》，又有萧德祥的一本同名的剧本。现在关汉卿的一本尚存在于《元曲选》中。

这个戏剧的故事，也是关于蝴蝶的，与上面所举的几则却俱不同。大略是如此：王老生了三个儿子，都喜欢读书。一天，他上街替儿子们买些纸笔，走得乏了，在街上坐着歇息，不料因冲着马头，却被骑马的一个势豪名葛彪篷打死了，三个儿子听见父亲为葛彪打死，便去寻他报仇，也把他打死了。他们都被捉进监狱。审判官恰是称为"中国的苏罗门"的包拯。当他大审此案之前，曾梦自己走进一座百花烂漫的花园，见一个亭子上结下个蛛网，花间飞来一个蝴蝶，正在打网中，却又来了一个大蝴蝶，把它救出。后来，又来第二个蝴蝶打在网中，也被大蝴蝶救了。最后来了一个小蝴蝶，打在网上，却没有人救，那大蝴蝶两次三番只在花丛上飞，却不去救。包拯便动了恻隐之心，把这小蝴蝶放走了。醒来时，却正要审问王大王二王三打死葛彪的案子。他们三个人都承认葛彪是自己打死的，不干兄或弟的事。包拯说，只要一个人抵命，其他二人可以释出。便问他们的母亲，要那一个去抵命。她说，要小的去。包拯道："为什么？小的不是你养的么？"母亲悲哽的说道："不是的，那两个，我是他们的继母，这一个是我的亲儿。"包拯为这个贤母的举动所感动，便想道：梦见大蝴蝶救了两个小蝶，却不去救第三个，倒是我去救了他。难道便应在这一件事上么？于是他假判道："王三留此偿命。"同时却悄悄的设法，把王三也放走了。

八

还有两则放蝶的故事，也可以在最后叙一下。

唐开元的末年，明皇每至春时，即旦暮宴于宫中，叫嫔妃们争插艳花。他自己去捉了粉蝶来，又放了去。看蝶飞止在那个嫔妃的上面，他便也去止宿于她的地方。后来因杨贵妃专宠，便不复为此戏。（见《开元天宝遗事》）

这一则故事，没有什么很深的意味，不过表现出一个淫佚的君主的轶事的一幕而已。底下的一则，事虽略觉滑稽，却很带着人道主义的精神。

长山王进士岜生为令时，每听讼，按律之轻重，罚令纳蝶自赎。堂上千百齐放，如风飘碎锦；王乃拍案大笑。一夜，梦一女子衣裳华好，从容而入曰："遭君虐政，姊妹多物故，当使君先受风流之小谴耳。"言已，化为蝶，回翔而去。明日，方独酌署中，忽报直指使至，遽遽而去，闺中戏以素花簪冠上，忘除之，直指见之，以为不恭，大受斥骂而返。由是罚蝶令遂止。（见《聊斋志异》卷十五）

○阅读札记

蝴蝶是那样一种美丽的生物。在东方，无论在中国还是日本，文人、画家们都对蝴蝶情有独钟。他们将蝴蝶画进画里，写进诗里，写进故事里，蝴蝶给了他们灵感与思考，他们也为蝴蝶赋予了新的生命与象征，让无数人为之唏嘘、感叹。

猫

/ 郑振铎

我家养了好几次的猫,结局总是失踪或死亡。三妹是最喜欢猫的,她常在课后回家时,逗着猫玩。有一次从隔壁要了一只新生的猫来。花白的毛,很活泼,常如带着泥土的白雪球似的,在廊前太阳光里滚来滚去。三妹常常取了一条红带,或一根绳子,在它面前来回的拖着摇着,它便扑过来抢,又扑过去抢。我坐在藤椅上看着他们,可以微笑着消耗过一二小时的光阴,那时太阳光暖暖的照着,心上感着生命的新鲜与快乐。后来这只猫不知怎地忽然消瘦了,也不肯吃东西,光泽的毛也污涩了,终日躺在厅上的椅下,不肯出来。三妹想着种种方法去逗它,它都不理会。我们都很替它忧郁。三妹特地买了一个很小很小的铜铃,用红绫带穿了,挂在它颈下,但只显得不相称。它只是毫无生意的,懒惰的,郁闷的躺着。有一天中午,我从编译所回来,三妹很难过的说道:"哥哥,小猫死了!"

我心里也感着一缕的酸辛,可怜这两个月来相伴的小侣,当时只得安慰着三妹道:"不要紧,我再向别处要一只来给你。"

隔了几天,二妹从虹口舅舅家里回来,她道,舅舅那里有三四只小猫,很有趣,正要送给人家。三妹便怂恿着她去拿一只来。礼拜天,母亲回来了，带了一只浑身黄色的小猫同来。立刻三妹一部分的注意又被这只黄色小猫吸引去了。这只小猫比第一只更有趣，更活泼。它在园中乱跑，又会爬树，有时蝴蝶安详地飞过时，它也会扑过去捉。它似乎太活泼了，一点也不怕生人，有时由树上跃到墙上，又跑到街上，在那里晒太阳。我们都很为它提心吊胆，一天都要"小猫呢？小猫呢？"的查问好几次。每次总要寻找了一回方才寻到。三妹常指着它笑骂道："你这小猫呀，给叫花的捉去才不乱跑呢！"我回家吃中饭，总看见它坐在铁门外边，一见我进门，便飞也似的跑进去了。饭后的娱乐，是看它爬树，隐身在阳光隐约的绿叶中，好像等待着要捕捉什么似的。把它捉了下来。它又极快的爬上去了。过了二三个月，它会捉鼠了。有一次，居然捉到一只很肥大的鼠，自此，夜间便不再听见讨厌的吱吱声了。

某一日清早，我起床来，披衣下楼，没有看见小猫，在小园里找了一遍也不见。心里便有些亡失的预警。

"三妹，小猫呢？"

她慌忙的跑下楼来，答道："我刚才也寻了遍，没有看见。"

家里的人都忙乱的寻找，但终于不见。

李妈道："我一早起来开门，还见它在厅上。烧饭才不见它。"

大家都不高兴，好像亡失了一个亲爱的同伴，连向来不大喜欢猫的张妈也说："可惜！可惜！这样好的一只小猫。"

我心里还有一线希望，以为它偶然跑到远处去，也许会认得归途的。

午饭时，张妈诉说道："刚才遇到隔壁周家的丫头，她说早上看见我家的小猫在门外，被一个过路的人捉去了。"

于是这个亡失是证实了。三妹很不高兴，咕噜着道："他们看见了，为什么不出来阻止？他们明晓得它是我家的！"

我也怅然地,愤恨地,咒骂那个不知名的夺去我们所爱的东西的人。自此,我家好久不养猫。

冬天的早晨,门口蜷伏着一只很可怜的小猫,毛色是花白。但并不好看,又很瘦。它伏着不去。我们如不留养下来,至少也要为冬寒和饥饿所杀。张妈将它拾了进来,每天给它饭吃。但大家都不大喜欢它,它不活泼,也不像别的小猫那样喜欢顽耍。它好像是具有天生的忧郁性的,连三妹那样爱猫的人,对于它也不很注意。如此的过了几个月,它在我家仍是一只若有若无的动物。它渐渐的肥胖了,但仍不活泼。大家在廊前晒太阳闲谈着时,它也常来蜷伏在母亲或三妹的足下。三妹有时也逗着它玩,但并没有像对于前几只小猫那样感兴趣。有一天,它因夜里冷,钻到火炉底下去,毛被烧脱好几块,更觉得难看了。

春天来了,它成了一只壮猫了,却仍不改它的忧郁性,也不去捉鼠,终日懒惰的伏着,吃得胖胖的。

这时妻买了一对黄色的芙蓉鸟来,挂在廊前,叫得很好听。妻常常吩咐张妈换水,加鸟粮,洗刷笼子。那只花白猫对于这一对黄鸟,似乎也特别注意,常常跳在桌上,对鸟笼凝望。

妻道:"张妈,留心猫,它会吃鸟呢。"

张妈便跑来把猫捉了去。隔一会,它又跳上桌子对鸟笼凝望了。

一天,我刚要从楼上下来,忽听见张妈嚷道:"啊呀!鸟死了一只了,给咬去了一条腿,笼板上都是血呢?什么该死东西咬它的!"

我匆匆跑下去看,只见一堆断毛零羽之中,一只满身血污的死鸟躺在那里,好像它死前曾和敌人挣扎了许久。

我很愤怒的嚷道:"一定是猫!一定是猫!"便立刻去找这凶手。

妻听见了也慌忙跑下楼来,看见死鸟,心中很是难过,便道:"不是猫咬死的还有谁？它常常对鸟笼望着，我早就叫张妈当心了。张妈，你干吗不当心！"

张妈默默无言，不能有什么话来辩护。

于是猫的罪状证实了。大家都去找这可厌的猫，想给它一顿惩戒。找了半天，却没找到。真是"畏罪潜逃"了，我心里忖。

三妹在楼上叫道："猫在这里了。"

它躺在露台板上晒太阳，态度很安详，嘴里好像还在吃着什么。我想，它一定还在吃那鸟腿，一时不由得怒气冲天，拿起楼门旁倚着的一根木棒，追过去打了一下。它很悲楚的叫了一声"咪呜！"便逃到屋瓦上了。

我心里仍旧愤愤的，以为惩戒得还没有快意。

隔了几天，李妈在楼下叫道："猫，猫？又拿鸟去了。"同时我看见一只黑猫飞快的逃过露台，嘴里衔着那剩下来的一只黄鸟，却并不是我们的猫。我于是顿觉自己的错误了！

我心里十分难过，真的，我的良心受伤了，我没有判断明白，便妄下断语，冤苦了一只不能说话辩诉的动物。想到它的无抵抗的逃避，益使我感到我当初的暴怒，我当初的虐待，都成为刺痛我良心的针了！

我很想补救我的过失，但它是不懂说话的，我将怎样对它表白我的误解呢？

两个月后，我们的猫忽然死在邻家屋脊上。我对于它的亡失，比以前两只猫的亡失更要难过得多。

我永无改正我的过失的机会了！

自此我家永不养猫。

一九二五年十一月七日于上海

○阅读札记

　　作者与其家人皆是爱猫之人，与猫有过数次因缘。这些可怜的、可爱的生灵们曾让他们快乐、牵挂、怜悯、愧疚，最终皆因为悲惨的结局给大家带来无尽的遗憾。而这些猫的境遇与社会中那些受到不公正待遇的人们又是何其相似呢！作者不愿再养猫，也是不愿再见到这样的悲剧再次发生了吧。

夜莺

/ 戴望舒

在神秘的银月的光辉中，树叶儿啁啾地似在私语，绰绰地似在潜行；这时候的世界，好似一个不能解答的谜语，处处都含着幽奇和神秘的意味。

有一只可爱的夜莺在密荫深处高啭，一时那林中充满了她婉转的歌声。

我们慢慢地走到饶有诗意的树荫下来，悠然听了会鸟声，望了会月色。我们同时说："多美丽的诗境！"于是我们便坐下来说夜莺的故事。

"你听她的歌声是多悲凉！"我的一位朋友先说了，"她是那伟大的太阳的使女：每天在日暮的时候，她看见日儿的残光现着惨红的颜色，一丝丝的向辽远的西方消逝了，悲思便充满了她幽微的心窝，所以她要整夜的悲啼着……"

"这是不对的，"还有位朋友说，"夜莺实是月儿的爱人：你可不听见她的情歌是怎地缠绵？她赞美着月儿，月儿便用清辉将她拥抱着。从她的歌声，你可听不出她灵魂是沉醉着？"

我们正想再听一会夜莺的啼声，想要她启示我们的怀疑，但是她拍着翅儿飞去了，却将神秘作为她的礼物留给我们。

○ **阅读札记**

在这样一个美好的夜晚，月色是那样皎洁，夜莺的歌声是那样婉转动听，这样的情景美得像一幅画、一首诗。夜莺究竟是太阳的使女，还是月儿的爱人？为何会有如此美妙的歌声？神秘是它留给我们的礼物。

猫

/ 夏丏尊

白马湖新居落成,把家眷迁回故乡的后数日,妹就携了四岁的外甥女,由二十里外的夫家雇船来访。自从母亲死后,兄弟们各依了职业迁居外方,故居初则赁与别家,继则因兄弟间种种关系,不得不把先人有过辛苦历史的高大屋宇,售让给附近的暴发户,于是兄弟们回故乡的机会就少,而妹也已有六七年无归宁的处所了。这次相见,彼此既快乐又酸辛,小孩之中,竟有未曾见过姑母的。外甥女也当然不认得舅妗和表姊,虽经大人指导勉强称呼,总都是呆呆地相觑着。

新居在一个学校附近,背山临水,地位清静,只不过平屋四间。论其构造,连老屋的厨房还比不上,妹却极口表示满意:

"虽比不上老屋,终究是自己的房子,我家在本地已有许多年没有房子了!自从老屋卖去以后,我多少被人瞧不起!每次乘船行过老屋的面前真是……"

妻见妹说时眼圈有点红了,就忙用话岔开:

"妹妹你看,我老了许多了罢?你却总是这样后生。"

"三姊倒不老!——人总是要老的,大家小孩都已这样大了,他们大起来，就是我们在老起来。我们已六七年不见了呢。"

"快弄饭去罢！"我听了他们的对话，恐再牵入悲境，故意打断话头，使妻走开。

妹自幼从我学会了酒，能略饮几杯。兄妹且饮且谈，嫂也在旁羼着。话题由此及彼，一直谈到饭后，还连续不断。每到妹和妻要谈到家事或婆媳小姑关系上去，我总立即设法打断，因为我是深知道妹在夫家的境遇的，很不愿在难得晤面的当初，就引起悲怀。

忽然，天花板上起了嘈杂的鼠声。

"新造的房子，老鼠就这样多吗？"妹惊讶了问。

"大概是近山的缘故罢。据说房子未造好就有了老鼠的。晚上更厉害，今夜你听，好像在打仗哩，你们那里怎样？"妻说。

"还好，我家有猫。——快要产小猫了，将来可捉一只来。"

"猫也大有好坏，坏的猫老鼠不捕，反要偷食，到处撒屎，还是不养好。"我正在寻觅轻松的话题，就顺了势讲到猫上去。

"猫也和人一样，有种子好不好的，我那里的猫，是好种，不偷食，每朝把屎撒在盛灰的畚斗里。——你记得从前老四房里有一只好猫罢。我们那只猫，就是从老四房里讨去的小猫。近来听说老四房里断了种了——每年生一胎，附近养蚕的人家都来千求万恳地讨，据说讨去都不淘气的。现在又快要生小猫了。"

老四房里的那只猫向来有名。最初的老猫，是曾祖在时就有了的。不知是哪里得来的种子，白地，小黄黑花斑，毛色很嫩，望上去像上等的狐皮"金银嵌"。善捕鼠性质却柔驯得了不得，当我小的时候，常去抱来玩弄，听它念肚里佛，挖看它的眼睛，不啻是一个小伴侣。后来我由外面回家，每走到老四房里去，有时还看见这小伴侣的子孙。曾也想讨一只小猫到家里去养，终难得逢到恰好有小猫的机会，自迁居他乡，十年来久不忆及了。不料现在种子未绝，妹家现在所养的，不知已是最初老猫的几世孙了。家道中落以来，田产室庐大半荡尽，而曾祖时代的猫，尚间接地在妹家留着种子，这真是一种不可思议的缘，值得叫人无限感兴的了。

"哦！就是那只猫的种子！好的，将来就给我们一只。那只猫的种子是近地有名的。花纹还没有变吗？"

"你欢喜哪一种？——大约一胎多则三只，少则两只，其中大概有一只是金银嵌的，有一两只是白中带黑斑的，每年都是如此。"

"那自然要金银嵌的啰。"我脑中不禁浮出孩时小伴侣的印象来，更联想到那如云的往事，为之茫然。

妻和妹之间，猫的谈话，仍被继续着，儿女中大些的张了眼听，最小的阿满，摇着妻的膝问："小猫几时会来？"我也靠在藤椅子上吸着烟默然听她们。

"小猫的时候，要教它会才好。如果撒屎在地板上了，就捉到撒屎的地方，当着它的屎打，到碗中偷食吃的时候，就把碗摆在它的前面打，这样打了几次，它就不敢乱撒屎多偷食了。"

妹的猫教育论，引得大家都笑了。

次晨，妹说即须回去，约定过几天再来久留几日，临走的时候还说：

"昨晚上老鼠吵得真厉害，下次来时，替你们把猫捉来罢。"

妹去后，全家多了一个猫的话题。最性急的自然是小孩，他们常问"姑妈几时来？"其实都是为猫而问，我虽每回答他们"自然会来的，性急什么？"而心里也对于那与我家一系有二十多年历史的猫，怀着迫切的期待，巴不得妹——猫快来。

妹的第二次来，在一个月以后，带来的只是赠送小孩的果物和若干种的花草苗种，并没有猫。说前几天才出生，要一月后方可离母，此次生了三只，一只是金银嵌的，其余两只是黑白花和狸斑花的，讨的人家很多，已替我们把金银嵌的留定了。

猫的被送来，已是妹第二次回去后半月光景的事，那时已过端午，我从学校回去，一进门妻就和我说：

"妹妹今天差人把猫送来了，她有一封信在这里。说从回去以后就有些不适。大约是寒热，不要紧的。"

我从妻手里接了信草草一看，同时就向室中四望：

"猫呢？"

"她们在弄它。阿吉阿满，你们把猫抱来给爸爸看！"

立刻，柔弱的"尼亚尼亚"声从房中听得阿满抱出猫来：

"会念佛的，一到就蹲在床下，妈说它是新娘子呢。"

我在女儿手中把小猫熟视着说：

"还小呢，别去捉它，放在地上，过几天会熟的。当心碰见狗！"

阿满将猫放下。猫把背一耸就跟跄地向房里遁去。接着就从房内发出柔弱的"尼亚尼亚"的叫声。

"去看看它躲在什么地方。"阿吉和阿满蹑了脚进房去。

"不要去捉它啊！"妻从后叮嘱她们。

猫确是金银嵌，虽然产毛未退，黄白还未十分夺目，尽足依约地唤起从前老四房里小伴侣的印象。"尼亚尼亚"的叫声和"咪咪"的呼唤声，在一家中起了新气氛，在我心中却成了一个联想过去的媒介，想到儿时的趣味，想到家况未中落时的光景。

与猫同来的，总以为不成问题的妹的病消息，一两日后竟由沉重而至于危笃，终于因恶性疟疾引起了流产，遗下未足月的女孩而弃去这世界了。

一家人参与丧事完毕从丧家回来，一进门就听到"尼亚尼亚"的猫声。

"这猫真不利，它是首先来报妹妹的死信的！"妻见了猫叹息着说。

猫正在在檐前伸了小足爬搔着柱子，突然见我们来，就踉跄逃去，阿满赶到厨下把它捉来了，捧在手里：

"你还要逃，都是你不好！妈！快打！"

"畜牲晓得什么？唉，真不利！"妻呆呆地望着猫这样说，忘记了自己的矛盾，倒弄得阿满把猫捧在手里瞪目茫然了。

"把它关在伙食间里，别放它出来！"我一边说一边懒懒地走入卧室睡去。我实在已怕看这猫了。

立时从伙食间里发出"尼亚尼亚"的悲鸣声和嘈杂的爬搔声来。努力想睡，总是睡不着。原想起来把猫重新放出，终于无心动弹，连向那就在房外的妻女叫一声"把猫放出"的心绪也没有，只让自己听着那连续的猫声，一味沉浸在悲哀里。

从此以后，这小小的猫在全家成了一个联想死者的媒介，特别地在我，这猫所暗示的新的悲哀的创伤，是用了家道中落等类的怅惘包裹着的。

伤逝的悲怀，随着暑气一天一天地淡去，猫也一天一天地长大，从前被全家所诅咒的这不幸的猫，这时渐被全家宠爱珍惜起来了，当作了死者的纪念物。每餐给它吃鱼，归阿满饲它，晚上抱进房里，防恐被人偷了或是被野狗咬伤。

白玉也似的毛地上，黄黑斑错落得非常明显，当那蹲在草地上或跳掷在凤仙花丛里的时候，望去真是美丽。每当附近四邻或路过的人，见了称赞说"好猫！"的时候，妻脸上就现出一种莫可言说的矜夸，好像是养着一个好儿子或是好女儿。特别是阿满：

"这是我家的猫，是姑母送来的，姑母死了，只剩了这只猫了！"她当有人来称赞猫的时候，不管那人陌生与不陌生，总会睁圆了眼起劲地对他说明这些。

猫做了一家的宠儿了，每餐食桌旁总有它的位置，偶然偷了食或是乱撒了屎，虽然依妹的教育法是要就地罚打的，妻也总看妹面上宽恕过去。阿吉阿满一从学校里回来就用了带子逗它玩，或是捉迷藏似的在庭间追赶它。我也常于初秋的夕阳中坐在檐下对了这跳掷着的小动物作种种的遐想。

那是快近中秋的一个晚上的事：湖上邻居的几位朋友，晚饭后散步到了我家里，大家在月下闲话，阿满和猫在草地上追逐着玩。客去后，我和妻搬进几椅正要关门就寝，妻照例记起猫来：

"咪咪！"

"咪咪！"阿吉、阿满也跟着唤。

可是却听不到猫的"尼亚尼亚"的回答。

"没有呢！哪里去了？阿满，不是你捉出来的吗？去寻来！"妻着急起来了。

"刚刚在天井里的。"阿满瞠了眼含糊地回答，一边哭了起来。

"还哭！都是你不好！夜了还捉出来做什么呢？——咪咪咪咪！"妻一边责骂阿满一边嘎了声再唤。

"咪咪咪咪！"我也不禁附和着唤。

可是仍听不到猫的"尼亚尼亚"的回答。

叫小孩睡好了，重新找寻，室内室外，东邻西舍，到处分头都寻遍，哪有猫的影儿？连方才谈天的几位朋友都过来帮着在月光下寻觅，也终于不见踪影。一直闹到十二点多钟月亮已照屋角为止。

"夜深了，把窗门暂时开着，等它自己回来罢——偷是没有人偷的，或者被狗咬死了，但又没听见它叫。也许不至于此，今夜且让它去罢。"

我宽慰着妻，关了大门，先入卧室去。在枕上还听到妻的"咪咪"的呼声。

猫终于不回来。从次日起，一家好像失了什么似的，都觉到说不出的寂寥。小孩从放学回来也不如平日高兴，特别地在我，于妻女所感得的以外，顿然失却了沉思过去种种悲欢往事的媒介物，觉得寂寥更甚。

第三日傍晚，我因寂寥不过了，独自在屋后山边散步，忽然在山脚田坑中发现猫的尸体。全身黏着水泥，软软地倒在坑里，毛贴着肉，身躯细了好些，项有血迹，似确是被狗或者野兽咬毙了的。

"猫在这里！"我不自觉叫了说。

"在哪里？"妻和女孩先后跑来，见了猫都呆呆地几乎一时说不出话。

"可怜！定是野狗咬死的。阿满，都是你不好！前晚你不捉它出来，哪里会死呢？下世去要成冤家啊！——唉！妹妹死了，连妹妹给我们的猫也死了。"妻说时声音呜咽了。

阿满哭了，阿吉也呆着不动。

"进去罢，死了也就算了，人都要死哩，别说猫！快叫人来把它葬了。"我催她们离开。

妻和女孩进去了。我向猫作了最后的一瞥，在黄昏中独自徘徊。日来已失了联想媒介的无数往事，都回光返照似的一时强烈地齐现到心上来了。

○阅读札记

一只可爱的小猫，成了作者回忆过去、缅怀亲人的媒介。带着对逝去亲人的思念，家人们对猫的态度不断地转变，由怅惘排斥到宠爱珍视。可惜猫儿最终未逃过悲惨的结局，失去联想媒介的作者陷入无限的伤感与怅惘中。

鸟和树

/ 靳以

鸟的王国该是美丽的吧,不然怎么会引起那个老雅典人的憧憬(那是希腊的喜剧家阿里斯多芬在他的剧作《鸟》中暗示给我们的)?佛朗士又说到企鹅的国度,但是在真实的世界上,在我们居住的国家里,治理国家的虽然也用两只脚支持他们的体重,可是他们既不能飞,又不能唱;他们却是万能的人类中的万能者,承受万人的膜拜和爱戴,役使万人,也使万人成为孤寡。

使人类添加一分幸福一分喜悦的,该不是人类本身的事。清晨,窗外的鸟声就把我从烦苦的梦境中抓回来了,我张大了眼睛望不到;可是我的两只耳朵,全被那高低的鸣啭充盈了。被露水洗清的高树,巨人般地站在我的窗前,使它的枝叶晃动的,该是那跳跃的、飞翔的大小的快乐的鸟呢!如果我有双羽翼,也该从窗口飞上枝头了。可惜我那喑哑低沉的音调,即使是一只鸟,也只好做一只不会歌唱的含羞的鸟。

是什么样的叫出那清越的高音,是什么样的叫得那么曲折婉转?是什么样的叫得那么短促那么急,更是什么样的叫得象猫,又象一只哀怨的洞箫?还有那快乐的,细碎的,忘却人间一切苦痛的,在为那不同的鸣叫击着轻松的拍子。以不同的心和不同的声音高啭低鸣的众鸟呵，都不过使这个世界更丰富些而已。

可是当我站到树的下面，以虔诚的心想来静聆它们的鸣叫，我的身影就使它们惊逃飞散了。这却使我看到它们华丽的羽毛，翠绿的，血红的，在蓝天的海上漂着，我极自然地心里说："山野间怎么能有这样好看的鸟！"——随即领悟到鸟对于人类的厌恶不是无端的了。

是的，人类惯于把一些樊笼和枷锁加在其他生物的身上或颈项上，只是为了自己的贪欲，所以鸟该是不爱人类的，可是它却爱树，那沉默的大树伸出枝叶去，障住了阳光，也遮住风雨，可以安置它的巢，也可以供它短暂的休憩。它站在山边，站在水旁，给远行人留下最后的深刻的影子；招致仓皇的归鸟，用残余的力量，迅速飞向枝头，它就是那么挺然地站着，那臃笨的身躯抵住风雨的摇撼，小小的鸟呵，在它的枝干间自在地跳跃。

如果我是一株树呵，我要做一株高大粗壮的树，把我的顶际插入云端，把我的枝干伸向辽远。我要看得深远，当着太阳沉下去了，我用我的全心来迎接四方八面的失巢的小鸟，要它们全都栖息在我的枝干间，要它们全能从我的身上得着一分温暖，用我的汁液做为它们的养料。我还为它们抵挡风雨的侵蚀，我想那时候它们该真心爱我了，因为我已经不是那个属于使它们厌恶的人类中的，我失去了那份自私和贪鄙，为了小鸟的幸福我情愿肩起最辛苦最沉重的担子。

○ 阅读札记

鸟儿的歌声婉转清越，让"我"忍不住想要走近它，欣赏它，却惊飞了这只鸟儿。鸟儿对人类的戒备让"我"怅然若失。如果可以,"我"情愿做一棵树,展开宽阔、茂密的枝叶,成为鸟儿的避风港与栖息地。

猫

/ 靳以

猫好像在活过来的时日中占了很大的一部,虽然现在一只也不再在我的身边厮扰。

当着我才进了中学,就得着了那第一只。那是从一个友人的家中抱来,很费了一番手才送到家中。她是一只黄色的,像虎一样的斑纹,只是生性却十分驯良。那时候她才下生两个月,也像其他小猫一样欢喜跳闹,却总是被别的欺负的时候居多。友人送我的时候就这样说:

"你不是欢喜猫么,就抱去这只吧。你看她是多么可怜的样子,怕长不大就会死了。"

我都不能想那时候我是多么高兴,当我坐在车上,装在布袋中的她就放在我的腿上。呵,她是一个活着的小动物,时时会在我的腿上蠕动的。我轻轻地拍着她,她不叫也不闹,只静静地卧在那里,像一个十分懂事的东西。我还记得那是夏天,她的皮毛使我在冒着汗,我也忍耐着。到了家,我放她出来。新的天地吓得她更不敢动,她躲在墙角或是椅后那边哀哀地鸣叫。她不吃食物也不饮水,为了那份样子,几乎我又送她回去。可是过了两天或是三天,一切就都很好了。家中人都喜欢她,除开一个残忍成性的婆子。我的姊姊更爱她,每餐都是由她来照顾。

到了长成的时节,她就成为更沉默更温和的了。她从来也不曾抓伤过人,也不到厨房里偷一片鱼。她欢喜蹲在窗台上,眯着眼睛,像哲学家一样地沉思着。那时候阳光正照了她,她还要安详地用前爪在脸上抹一次又一次的。家中人会说:

"链哥儿抱来的猫,也是那样老实呵!"

到后她的子孙们却是有各样的性格。一大半送了亲友,留在家中的也看得出贤与不肖。有的竟和母亲争斗,正像一个浪子或是泼女。

她自己活得很长远,几次以为是不能再活下去了,她还能勉强地活过来,终于一双耳朵不知道为什么枯萎下去。她的脚步更迟钝了,有时鸣叫的声音都微弱得不可闻了。

她活了十几年,当着祖母故去的时候,已经入殓,还停在家中;她就躺在棺木的下面死去。想着是在夜间死去的,因为早晨发觉的时候她已经僵硬了。

住到×城的时节,我和友人B君共住了一个院子。那个城是古老而沉静的,到处都是树,清寂幽闲。因为是两个单身男子,我们的住处也正像那个城。秋天是如此,春天也是如此。墙壁粉了灰色,每到了下午便显得十分黯淡。可是不知道从哪里却跳来了一只猫,她是在我们一天晚间回来的时候发现的。我们开了灯,她正端坐在沙发的上面,看到光亮和人,一下就不知道溜到哪里去了。

我们同时都为她那美丽的毛色打动了,她的身上有着各样的颜色,她的身上包满了茸茸的长绒。我们找寻着,在书架的下面找到了。她用惊疑的眼睛望着我们,我们即刻吩咐仆人,为她弄好了肝和饭,我们故意不去看她,她就悄悄地就食去了。

从此在我们的家中，她也算是一个。

养了两个多月，在一天的清早，不知逃到哪里去了。她仍是从风门的窗格里钻出去（因为她，我们一直没有完整的纸糊在上面），到午饭时不见回来。我们想着下半天，想着晚饭的时候；可是她一直就不曾回来。

那时候，虽然少了一只小小的猫，住的地方就显得阔大寂寥起来了。当着她在我们这里的时候，那些冷清的角落，都为她跑着跳着填满了；为我们遗忘了的纸物，都由她有趣地抓了出来。一时她会跑上座灯的架上，一时她又跳上了书橱。可是她把花盆架上的一盆迎春拉到地上，碎了花盆的事也有过，记得自己真就以为她是一个有性灵的生物，申斥她，轻轻地打着她；她也就畏缩地躲在一旁，像是充分地明白了自己的过错似的。

平时最使她感觉到兴趣的事，怕就是钻进抽屉中的小睡。只要是拉开了，她就安详地走进去，于是就故意又为她关上了。过些时再拉开来，她也许还未曾醒呢！有的时候是醒了，静静地卧着，看到了外面的天地，就站起来，拱着背缓缓地伸着懒腰。她会跳上了桌子，如果是晚间，她就分去了桌灯给我的光，往返地踱着，她的影子晃来晃去的，却充满了我那狭小的天地，使我也有着热闹的感觉。突然她会为一件小小的物件吸引住了，以前爪轻轻地拨着，惊奇地注视着被转动的物件，就退回了身子，伏在那里，还是一小步一小步地退缩着——终于是猛地向前一蹿，那物件落在地上，她也随着跳下去。

我们有时候也用绒绳来逗引，看着她轻巧而窈窕地跳着。时常想到的就是"摘花赌身轻"的句子。

她的逃失呢，好像是早就想到了的。不是因为从窗里望着外面，看到其他的猫从墙头跳上跳下，她就起始也跑到外面去吗？原是不知何所来，就该是不知何所去。只是顿然少去了那么一只跑着跳着的生物，所住的地方就感到更大的空洞了。想着这样的情绪也许并不是持久的，过些天或者就可以忘怀了。只是当着春天的风吹着门窗的纸，就自然地把眼睛望着她日常出入的那个窗格，还以为她又从外面钻了回来。

"走了也好，终不过是不足恃的小人呵！"

这样地想了，我们的心就像是十分安然而愉快了。

过了四个月，B君走了，那个家就留给我一个人。如果一直是冷清下来，对于那样的日子我也许能习惯了；却是日愈空寂的房子，无法使我安心地守下去。但是我也只有忍耐之一途。既不能在众人的处所中感到兴趣，除开面壁枯坐还有其他的方法吗？

一天，偶然地在市集中售卖猫狗的那一部，遇到一个老妇人和一个四五岁的女孩。她问我要不要买一只猫。我就停下来，预备看一下再说。她放下在手中的竹篮，解开盖在上面的一张布，就看到一只生了黄黑斑的白猫，正自躺在那里。在她的身下看到了两只才生下不久的小猫。一只是黑的，毛的尖梢却是雪白；那一只是白的，头部生了灰灰的斑。她和我说因为要离开这里，就不得不卖了。她和我要了极合理的价钱，我答应了，付过钱，就径自去买一个竹筐来。当我把猫放到我的筐子里，那个孩子就大声哭起来。她舍不得她的宝贝。她丢下老妇人塞到她手中的钱。那个老妇人虽是爱着孩子，却好像钱对她真有一点用，就一面哄着一面催促着我快些离开。

叫了一辆车，放上竹筐，我就回去了。留在后面的是那个孩子的哭声。

诚然如那个老妇人所说，她们是到了天堂。最初几天那两只小猫还没有张开眼，从早到晚只是咪咪地叫着。我用烂饭和牛乳喂它们，到张开了眼的时候，我才又看到那个长了灰色斑的两个眼睛是不同的；一个是黄色，一个是蓝色。

大小三只猫，也够我自己忙的了（不止我自己，还有那个仆人）。大的一只时常要跑出去，小的就不断地叫着。她们时常在我的脚边缠绕，一不小心就被踏上一脚或是踢翻个身。她们横着身子跑，因为把米粒粘到脚上，跑着的时候就答答地响着，像生了铁蹄。她们欢喜坐在门限上望着外面，见到后院的那条狗走过，她们就咈咈地叫着，毛都竖起来，急速地跳进房里。

为了她们，每次晚间回来都不敢提起脚步来走，只是溜着，开了灯，就看到她们偎依着在椅上酣睡。

渐渐地她们能爬到我的身上来了，还爬到我的肩头，她们就像到了险境，鸣叫着，一直要我用手把她们再捧下来。

这两只猫仔，引起了许多友人的怜爱，一个过路友人离开了这个城还在信中殷殷地问到。她说过要有么一天，把这两只猫拿走。但是为了病着的母亲的寂寥，我就把她们带到了××。

我先把她们的母亲送给了别人，我忘记了她们离开母亲会成为多么可怜的小动物。她们叫着，不给一刻的宁静，就是食物也不大能引着她们安下去。她们东找找西找找，然后就失望地朝了我。好像告诉我她们是丢失了母亲，也要我告诉她们：母亲到了哪里？两天都是这样，我都想再把那只大猫要回来了。后来友人告诉我说是那个母亲也叫了几天，终于上了房，不知到哪里去了。

因为要搭乘火车的，我就在行前的一日把她们装到竹篮里。她们就叫，吵得我一夜也不能睡，我想着这将是一桩麻烦的事，依照路章是不能携带猫或狗的。

早晨，我放出她们喂，吃得饱饱的（那时候她们已经消灭了失去母亲的悲哀），又装进竹篮里。她们就不再叫了，一直由我把她们安然地带回我的母亲的身边。

母亲的病在那时已经是很重了，可是她还是勉强地和我说笑。她爱那两只猫。她们也是立刻跳到她的身前。我十分怕看和母亲相见相别时的泪眼，这一次有这两个小东西岔开了母亲的伤心。

不久，她们就成为一种累赘了。当着母亲安睡的时候，她们也许咪咪地叫起来。当着母亲为病痛所苦的时候，她们也许要爬到她的身上。在这情形之下，我只能把她们交付了仆人，由仆人带到他自己的房中去豢养。

母亲的病使我忘记了一切的事，母亲故去了许久我才问着仆人那两只猫是否还活下来。

仆人告诉我她们还活着的，因为一时的疏忽，她们的后腿冻跛了。可是渐渐地好起来，也长大了，只是不大像从前那样洁净。

我只是应着，并没有要他把她们拿给我，因为被母亲生前所钟爱，她们已经成为我自己悲哀的种子了。

二十五年三月三日

○ 阅读札记

猫实在是一种惹人喜爱的动物，作者是爱猫的，所以才会数次与猫结缘，而到最后，却再也不忍接回那两只被送走的猫了，只因它们曾被他的母亲所钟爱，他害怕睹物思人。他与那两只猫一样，再也见不到自己的母亲了。

萤

/ 靳以

郁闷的无月夜，不知名的花的香更浓了，炎热也愈难耐了；千千万万的火萤在黑暗的海中漂浮着。那像亮在泡沫的尖顶的一点雪白的水花，也像是照映在海面上群星的身影。我仰起头来，天上果真就嵌满了星星，都在闪着，星是天间的萤的身影呢，还是萤是地上的星的身影？但是它们都发着光，虽然很微细，却也为夜行人照亮眼前的路。路是很平坦，入了夜，该是毒物的世界，不是曾经看见过一尾赤练蛇横在路的中央么？它不一定要等待人们去侵犯它才张口来咬的，它就是等在那里，遇到什么生物也不放过，它是依靠吞噬他人的生命才得生存的。

可是萤却高高低低浮在空中，不但为人照亮了路边的深坑，也为人照出偃卧的毒蛇，使过路人知所趋避。群星在天上，也用忧愁而关心的眼睛望着，它自知是发光的，就更把眼睛大了（因为疲倦，所以不得不一眨一眨的），它恨不得大声喊出来，告诉人们："在地上，夜是精灵的世界，回到你们的家中去吧，等待太阳出来了再继续你们的行程。"可是它没有声音，因为风静止着，森林也只得守着它们的沉默。田间的水流，也因为干涸，停止它们的潺潺了。在地上，在黯黑的夜里，只有蛙发着噪聒的鸣叫，那是使人觉得郁热更其难耐，黑夜更其无边的。守在路中的蛇也在嘶嘶地叫着，怕也因为没有猎取物而感到不耐吧？它也许意识到萤火对它是不利的，便高昂起头来，想用那吞吐的毒舌吸取一只两只；可是可爱的萤火，早自飞到高处去了。向上看，那毒蛇才又看到天上闪烁着那么多发光的眼睛，一切光，原来都是使人类幸福的，它就不得不颓然又垂下头，扭着那斑驳的身躯，不情愿地回到自己的洞穴中去了。

那成千成万的萤火虫，却一直愉快地飘着，向上飞在高空中它的光显得细弱了，它还是落到地上来。落在树枝上，使人们看到肥大的绿叶间还有一丛丛的花朵，那香气该是它们发散出来的吧？落在路边的草上，映出那细瘦的叶尖，和那上面栖息着的一只小甲虫。落在老人的胡须上，孩子更会稚气地叫着："看，胡子像烟斗似的烧起来了，一亮一亮的。"落在骄傲的孩子的发际，她就便得意地说："看我头上簪了星星！"

它们就是这样成夜地忙碌着，在黯黑的世界中穿行；当着太阳的光重复来到大地，它们就和天际的星星互道着辛苦隐下去了，等待黯夜复来的时候再为人类献出它们微弱的光辉。

1945 年 12 月

○ 阅读札记

　　黑夜中，有危险的毒蛇，有聒噪的蛙鸣，给这个夏夜徒添了一分郁热。而萤火虫在黯黑的世界里忙碌着、穿行着，这些微小的生命创造了一片星海，成为夏夜最美的风景。

渔

/ 靳以

对于渔好像有着过高的喜爱，幼小时为了自己在河边捉到一尾两尾小鱼弄湿了衣衫鞋袜为母亲责打的事时时有过；可是把小凳搬在门前，坐在那里，远望着渔船的捉捕却被允许的。只是母亲要殷勤地嘱咐着："只要坐在那里呵，不可以走到前面去的。"

为什么要走到近前呢，远远地看着瘦长的像尖刀一样的鱼在网上跳跃着，搅碎了和平的夕阳不是更引人么？银子一样的鱼鳞，在阳光中闪映着，使人感觉到美丽得眩目了。为着还只是一个孩子的缘故，自己也像在用着力，帮着它们去冲破了那爿网，重复快乐地回到它们所居住的水中去。在看到渔人一面笑着一面用网袋再把它们放到身旁的竹篓中，就有着丢去了些什么之感，总是默默地把小凳搬进院子，不想再看下去了。

"这么大的河，为什么它们要游到网里来呢？"

那时候，这是一个十分苦着我小小的心的疑问，我自己不能解答，我说给比我年长的人，他们却说我是装满了莫明其妙的思想的小家伙。

我的年岁增加了，也走过许多不同的地方，知道了更多的渔的方法。被称为文雅的习惯的就是钓了。而且还说是能以养性的一种游戏呢。用小的铁钩穿上了饵，诱着鱼的吞食，然后捉了上来，鱼的贪食自然是不该的，以人的聪明来欺骗着微小的鱼类也并不是十分公允的事吧！还算好的是只要不是一尾喜食的鱼，也就能逃开这劫数了。可是被列为人的天性的食，大约也是鱼的天性。算是一种惩罚了，被从居处的水中捉了上来，可不能因为它们是初犯而有悔改的机会。住在北平的时候，曾经在五龙亭旁看到一个态度安详的中年钓者，他是那样沉心静气，谛视着钓丝，等待着那尾鱼着实地吞了钩，就急剧地提着钓竿。意外的重量，钓者以为是鳖一类什么的了。可是他并没有就放弃，终于一个大的鱼头露出水面了。他再也掩不住心中的惊喜，近三尺长的一尾鲤鱼被拉出水面了。钓者稍稍显得一点慌乱，鱼的身子在空中弯着挺着。它好像也知道这是生命的最后的挣扎。终于为了绳子的不济，它仍落入水中：水面上空留下一个水花和一条泳去的水迹，还有钓者的一副气急苍白的脸。

"这尾鱼该庆幸着自己了。"

虽然自己不是那尾鱼，生物的这一点共有的情绪想来还不致全是空幻。

尝见用水鸟来捉鱼的，那也并不为自己所好。看着鸟类驮了太阳翻飞着，还有一点趣味，只是看到渔人强着从鸟的颈子里吐出吞下去的鱼，便觉得厌恶万分了。

可是到了冬天，北方的渔人习于在冰上凿了个洞，用木棍搅着，把那些在冰下休憩着的鱼搅得昏天黑地翻了上来，却更使自己不喜了。

"为什么要这样呢？这是人类的智慧么？"

作为人类的我们，也许正以为这些是智慧的应用，于是妄自想着自身是万物之灵。

"逃到哪里也能捉起你来啊，你渺小的动物！"

像咆哮似的这样喊着，要使所有在地上共同生存的鱼虫鸟兽都惊惕地听到；可是正有许多安居于它们自己的天地中，就是一声雷它们也听不见的。

喊叫总是要有的，觉得是人了，便必须有这点宽大慈厚的天性。

在我们这个国度里，自以为比北方人多有一点智慧的江南人，还有一种更精密的捕鱼的方法。那多半是在田野间的小溪流中（他们只能在小溪细流间逞强的，江河将淹死他们），用土筑了两道障碍，人便站在中间（水并不深，至多不过到了胸部），用盆啊罐子啊之类的把这中间的水淘了出去。一直到见了污泥的底，于是那些大小的鱼虾之类就再也无法逃开了。盈尺的几乎是从来也没有，寸把长才生出来的鱼仔却很多很多，那个人就一尾一尾的拾起来，什么也不放过，一只黑蚌也要丢进篮子里。他们的脸上浮着卑鄙的满意的笑，拾过了之后再向前去筑一道障碍，这样一节一节地走着，一直把这条小溪搜尽了为止。

从前因为年少气盛，愤愤地会自己想着：

"这是人类的耻辱啊，这——这是我的耻辱啊！"

可是在一旁捉鱼的人却尽自嘻嘻哈哈地笑着，他们一点也不觉得这是耻辱，有时候他们稍稍静下一些，也许在盘算着估出的市价。

鱼却是最可怜的。水没有了，于是为避开厄运，向着污泥钻去；可是那只手总是来了，连叫号也不会的鱼，只好被丢进没有水的篮子里。

篮里的鱼介之类已经许多了，挤在那里，大大地吸动着嘴；可是没有一滴水。有的是小得那样可怜，像是毫无用处，绝不能满足人类的馋吻，却也在那中间微弱地蠕动着身子。来到这个世界像是也没有几天的样子，立刻就要被丢进锅釜之中了。

鱼是不会说话也不会出声的，站在边上的乡妪却高兴地说着：

"小的也好，晒干了总有味呢！"

我的心将爆裂了，我愿化为一尾鱼，一尾顶大的有利齿的鱼，我不怕钩也不怕网，我要在一张口间吞尽了无耻的人类。

怎么样我才能变成一尾鱼呢？

○阅读札记

作者爱鱼，更同情鱼。他不忍看到鱼被渔人抓到，放进竹篓中，更是厌恶人类自诩智慧，以高高在上的姿态无视鱼虫鸟兽。于是他想要化为一尾硕大的有利齿的鱼，报复残忍的人类。面对强者对弱者的欺压，他是悲悯的、愤怒的，却也是无奈的。

雁

/ 周瘦鹃

偶然在一个文娱晚会里,听一位古琴专家弹奏《平沙落雁》之曲,一波三折,委婉动听,仿佛见一头头的雁从半空中飞翔下来,落到沙滩上似的;我因此想到了雁。

雁是一种大型的水鸟,模样儿与鹅很相像,淡黄色的长嘴,青灰色的翅翼,灰褐色的背,带着黑斑的胸,长得并不美,然而古今的画家都用作画材。宋徽宗的芦雁图卷,笔精墨妙,颇为有名;清代边寿民也以善画芦雁为名,几乎成了个芦雁专家。

雁称候鸟,每年总是应候而来,因为北方天寒,所以入秋就要南来,迁地为良。《月会》曾说:"仲秋之月鸿雁来。"《记历枢》也说:"天霜树落叶,而鸿雁南飞。"李时珍的话更说得明白:"寒则自北而南,止于衡阳,热则自南而北,归于雁门。"据说这是常年老例,从不失信,候鸟之为候鸟,自可当之无愧。

雁有合群性,喜集体行动,并且很守纪律,往往排成了行列,在空中一行行地飞过,好像是军队列阵形一般,因有雁阵之称。唐代王勃的《滕王阁序》中,曾有"雁阵惊寒,声断衡阳之浦"之句。而他们的阵形,又像是写出来的字,所以又称雁字。苏东坡所谓"雁字一行书降霄",而明代唐时升竟有咏雁字诗二十四首之多。诗人好事,真如俗语所谓挖空心思了。

雁的鸣声很为嘹亮,可说是高唱入云。而不知怎的,历代诗人们所作闻雁诗多至不可胜数,都说它的鸣声十分凄切,引人悲感,所以诗意都很悲观,竟没有一首是乐观的气氛的。甚至有一首说是"情类断猿悲落月,响如离鹤怨愁云",除了断猿离鹤云外,更将悲、怨、愁这些字眼全都用上了。其实他们的闻雁,全是唯心的,只为正在秋气肃杀的时节,而心境又不好,于是听了雁鸣,全是一片凄苦之声了。

雁足传书,用汉代苏武使匈奴事,后人书信往来,就作为典故,而把雁当作邮递员了。古人诗词中咏及的不一而足,如"尺书相珍重,辛苦敢烦君";"只恐音书断,宁辞道路长";"念尔心千折,凭传扎十行"。又如明代谢承举诗云:"枕断烟波晓梦余,雁声悲切过匡庐;离人久望平安字,何事江东不寄书?"杨宛诗云:"千里翩翩度碧虚,月明送影意何如。也知一向郎边过,自是多情少寄书。"词如宋代黄庭坚《望江东》云:"江水西头隔烟树,望不见江东路。思量只有梦来去,更不怕江阑住。灯前写了书无数,算没人传与。直饶寻得雁分付,又是秋将暮。"辛弃疾《寻芳草》云:"有得许多泪,更闲却许多鸳被。枕头儿放处,都不是旧家时,怎生睡?更也没书来,那堪被雁儿调戏!道无书却有书中意,排几个人人字。"借雁足传书来抒情,自是绝妙好辞。又无名氏《御街行》云:"霜风渐紧寒侵被,听孤雁声嘹唳;一声声送一声悲,云淡碧天如水。披衣起告:雁儿略住,听我些儿事。塔儿南畔城儿里,第三个,桥儿外,濒河西岸小红楼,楼外梧桐雕砌。请教且与,低声飞过,那里有,人人无寐。"怕孤雁惊动了失眠的人,央求它低声飞过,真是痴得可笑!但不知那孤雁儿能不能领会他的一片苦心呢？

　　我国地志上的地名，以雁为名的，如雁门关，是大家熟悉的，此外有雁塞山、雁湖、雁塔等。名胜如浙江乐清县东的雁荡，绝顶有湖，湖水终年不干，春归的群雁，都在此留宿，因以为名。湖南衡阳县南的回雁峰，是衡山七十二峰的主峰，据说北雁南飞，到衡阳为止，一到春天，就飞回去了。回雁峰之名，是这样得来的。今年立春较早，南来之雁，也该提早回去吧？

○ 阅读札记

　　在作者看来，雁算不得美，然而雁却是中国古代很多画家、文人的心头好。雁的合群守纪、鸣声、传书等特征，都成为古代文人钟爱的素材，撩起了多少诗人的情思，从而创作了无数脍炙人口的歌咏佳句。

养金鱼

/ 周瘦鹃

往时一般在名利场中打滚的人，整天的忙忙碌碌，无非是为名为利，差不多为了忙于争名夺利，把真性情也汩没了。大都市中，有的人以为嫖赌吃喝，可以寄托身心，然而这是糜烂生活的一环，虽可麻醉一时，未免取法乎下了。

现在新社会中，大家忙于工作，不再是为名为利，大都是为国为民；然而忙得过度，未免影响健康，总得忙里偷闲，想个调剂精神的方法，享受一些悠闲的情趣，我以为玩一些花鸟虫鱼，倒是怪有意思的。说起花鸟虫鱼，也正浩如烟海，要样样玩得神而明之，谈何容易。单以蓄养金鱼而论，此中就大有学问，决不是粗心浮气的人，所能得其奥秘的。

我在对日抗战以前，曾经死心塌地地做过金鱼的恋人，到处搜求稀有的品种、精致的器皿，并精研蓄养与繁殖的法门，更在家园里用水泥建造了两方分成格子的图案式池子，以供新生的小鱼成长之用，可谓不惜工本了。当时所得南北佳种，不下二十余品，又为了原名太俗，因此借用词牌、曲牌做它们的代名词，如朝天龙之"喜朝天"，水泡眼之"眼儿媚"，翻鳃之"珠帘卷"，堆肉之"玲珑玉"，珍珠之"一斛珠"，银蛋之"瑶台月"，红蛋之"小桃红"，红龙之"水龙吟"，紫龙之"紫玉箫"，乌龙之"乌夜啼"，青龙之"青玉案"，绒球之"抛球乐"，红头之"一萼红"，燕尾之"燕归梁"，五色小兰花之"多丽"，五色绒球之"五彩结同心"等，那时上海文庙公园的金鱼部和其他养金鱼的人们都纷纷采用，我也沾沾自喜，以为我道不孤。

古人以文会友，我却以鱼会友，因金鱼而结识了好多专家，内中有一位号称金鱼博士的吴吉人兄，尤其是我的高等顾问，我那陈列金鱼的专室"鱼乐国"中，常有他的踪迹；他助我搜罗了不少名种，又随时指示我养鱼的经验，使我寝馈于此，乐而忘倦。明代名士孙谦德氏作《朱砂鱼谱》，其小序中有云："余性冲澹，无他嗜好，独喜汲清泉养朱砂鱼，时时观其出没之趣，每至会心处，竟日忘倦。惠施得庄周非鱼不知鱼之乐，岂知言哉！"我那时的旨趣，正与孙氏一般无二，虽只周旋于二十四缸金鱼之间，而也深得濠上之乐的。

不道"八一三"日寇进犯，苏州沦陷，我那二十四缸中的五百尾金鱼，全都做了他们的盘中餐，好多年的心血结晶，荡然无存，第二年回来一看，触目惊心，曾以一绝句志痛云："书剑飘零付劫灰，池鱼殃及亦堪哀。他年稗史传奇节，五百文鳞殉国来。"虽说以五百金鱼之死，比之殉国，未免夸大，然而它们都膏了北海道蛮子的馋吻，却是铁一般的事实。胜利以后，因名种搜罗不易，未能恢复旧观，而我也为了连遭国难家忧，百念灰冷，只因蜗居爱莲堂前的檐下挂着一块"养鱼种竹之庐"的旧额，不得不置备了五缸金鱼，略事点缀，可是佳种寥寥，无多可观，我也听其自生自灭，再也不像先前的热恋了。

○ **阅读札记**

  周瘦鹃是一个热爱花鸟虫鱼之人，他曾非常喜爱金鱼，并以鱼会友，搜罗了很多不同品种的金鱼。然而这一腔热爱终究抵不过国殇家难，战争不仅让家国破碎，也磨灭了他的热爱。

猫狗

/ 梁遇春

惭愧得很，我不单是怕狗，而且怕猫，其实我对于六合之内一切的动物都有些害怕。

怕狗，这个情绪是许多人所能了解的，生出同情的。我的怕狗几乎可说是出自天性。记得从前到初等小学上课时候，就常因为恶狗当道，立刻退却，兜个大圈子，走了许多平时不敢走的僻路，结果是迟到同半天的心跳。十几年来踽踽地踯躅于这荒凉的世界上，童心差不多完全消失了，而怕狗的心情仍然如旧，这不知道是不是可庆的事。

怕狗，当然是怕它咬，尤其怕被疯狗咬。但是既会无端地咬起人来，那条狗当然是疯的。猛狗是可怕的，然而听说疯狗常常现出驯良的神气，尾巴低垂夹在两腿之间。并且狗是随时可以疯起来的。所以天下的狗都是可怕的。若使一个人给疯狗咬了，据说过几天他肚子里会发出怪声，好像有小疯狗在里叫着。这真是惊心动魄极了，最少对于神经衰弱的我是够恐怖了。

我虽然怕它，却万分鄙视它，厌恶它。缠着姨太太脚后跟的哈巴狗是用不着提的。就说那驰骋森林中的猎狗和守夜拒贼的看门狗罢！见着生客就猖猖着声势逼人，看到主子立刻伏贴贴地低首求欢，甚至于把前面两脚拱起来，别的禽兽绝没有像它这么奴性十足，总脱不了"走狗"的气味。西洋人爱狗已经是不对了，他们还有一句俗语"若使你爱我，请也爱我的狗罢"，（Love me, Love my dog.）这真是岂有此理。人没有权利叫朋友这么滥情。不过西洋人里面也有一两人很聪明的。歌德在《浮士德》里说，那个可怕的 Mephistopheles 第一次走进浮士德的书房，是化为一条狗。因此我加倍爱念那部诗剧。

可是拿狗来比猫，可又变成个不大可怕的东西了。狗只能咬你的身体，猫却会蚕食你的灵魂，这当然是迷信，但是也很有来由。我第一次怕起猫来是念了爱伦坡的短篇小说《黑猫》。里面叙述一个人打死一只黑猫，此后遇了许多不幸事情，而他每次在不幸事情发生的地点都看到那只猫的幻形，狞笑着。后来有一时期我喜欢念外国鬼怪故事，知道了女巫都是会变猫的，当赴撒旦狂舞会时候，个个女巫用一种油涂在身上，念念有词，就化成一只猫从屋顶飞跳去了。中国人所谓狐狸猫，也是同样变幻多端，善迷人心灵的畜生，你看，猫的脚踏地无声，猫的眼睛总是似有意识的，它永远是那么偷偷地潜行，行到你身旁，行到你心里。《亚俪丝异乡游记》里不是说有一只猫现形于空中，微笑着。一会儿猫的面部不见了，光剩一个笑脸在空中。这真能道出猫的神情，它始终这么神秘，这么阴谋着，这么留一个抓不到的影子在人们心里。欧洲人相信一只猫有十条命，仿佛中国也有同样的话，这也可以证明它的精神的深刻矫健了。我每次看见猫，总怕它会发出一种魔力，把我的心染上一层颜色，留个永不会退去的痕迹。碰到狗，我们一躲避开，什么事都没有了，遇见猫却不能这么容易预防。它根本不伤害你的身体，却要占住你的灵魂，使你失丢了人性，变成一个莫名其妙的东西，这些事真是可怕得使我不敢去设想，每想起来总会打寒噤。

上海是一条狗，当你站在黄浦滩闭目一想，你也许会觉得横在面前是一条恶狗。狗可以代表现实的黑暗，在上海这现实的黑暗使你步步惊心，真仿佛一条疯狗跟在背后一样。北平却是一只猫。它代表灵魂的堕落。北平这地方有一种霉气，使人们百事废弛，最好什么也不想，也不干了，只是这么蹲着痴痴地过日子。真是一只大猫将个个人的灵魂都打上黑印，万劫不复了。

若使我们睁大眼睛，我们可以看出世界是给猫狗平分了。现实的黑暗和灵魂的堕落霸占了一切。我愿意这片大地是个绝无人烟的荒凉世界，我又愿意我从来就未曾来到世界过。这当然只是个黄金的幻梦。

○ 阅读札记

作者借狗与猫来批判这个世界上现实的黑暗和灵魂的堕落。他害怕这黑暗与堕落，情愿这片大地是个绝无人烟的荒凉世界，情愿自己从未来到过这个世界。他对世界有美好的幻想，可是现实总让他无法逃避。

蟋蟀

/ 陆蠡

小的时候不知在什么书上看到一张图画。题的是"爱护动物"。图中甲儿拿一根线系住蜻蜓的尾,看它款款地飞。乙儿摇摇手劝他,说动物也有生命,也和人一样知道痛苦,不要残忍地虐杀它。

母亲曾告诉我:从前有一个读书人,看见一只蚂蚁落在水里,他抛下一茎稻草救了它。后来这位读书人因诬下狱,这被救的蚂蚁率领了它的同类,在一夜工夫把狱墙搬了一个大洞,把他救了出来。

父亲又说:以前有一个隋侯,看见一只鹞子追逐着黄雀。黄雀无路可奔,飞来躲在他的脚下。他等鹞子去了,才把它放走。以后黄雀衔来一颗无价的明珠,报答他救命的恩德。

在书上我又读到:"麟,仁兽也,足不履生草,不戕生物。"

所以,我自幼便怀着仁慈之意,知道爱惜它们的生命。我从来不曾用线系住蝉的细成一条缝似的头颈,让它鼓着薄翅团团转转地飞。我从来不曾用头发套住蟋蟀的下颚,临空吊起来飕飕地转,把它弄得昏过去,便在它激怒和昏迷中引就它们的同类,促使它们作死命的啮斗。我从来不曾用蛛网络缠在竹箍上,来捉夏日停在墙壁上的双双叠在一起的牛虻。也从来不曾撕断蚱蜢的大腿，去喂给母鸡。

在动物中，我偏爱蟋蟀。想起这小小的虫，那曾消磨了多美丽的我的童年的光阴啊！那时我在深夜中和两三个淘伴蹑手蹑脚地跑到溪水对岸的石滩，把耳朵贴在地上，屏住气息；细辨在土礓的旁边或石块底下发出的嘤嘤的蟋蟀的声音所来的方向。偷偷跑上前去，用衣袋里的麦麸做了记认，次晨在黎明时觅得夜晚的原处，把可爱的虫捉在手里。露濡湿了赤脚穿着的鞋，衣襟有时被荆棘抓破，回家来告诉母亲说我去望了田水回来，不等她的盘诘，立刻便溜进房中，把捉来的蟋蟀放在瓦盘里，感到醉了般的喜悦，有时连拖泥带水的鞋子钻进床去，竟倒头睡去了……

我爱蟋蟀，那并不是爱和别人赌钱斗输赢，虽则也往常这样做。但是我不肯把战败者加以凌虐，如有人剪了它们的鞘翅，折断了它们的触须，鄙夷地抛在地上，以舒小小的心中的怨愤。我爱着我的蟋蟀，我爱它午夜在房里蛩蛩地"弹琴"，一如我们的术语所说的。有时梦中恍如我睡在碧绿的草地上，身旁长着不知名的花，花的底下斗着双双的蟋蟀；我便在它们的旁边用粗的石块叠成玲珑的小堆，引诱它们钻进这石堆里，我可以随时来听它们的鸣斗，永远不会跑开……

我爱蟋蟀，我把它养在瓦盘里，盘里放了在溪中洗净了的清沙，复在其中移植了有芥子园画意的细小的草，草的旁边放了两三洁白的石块，这是我的庭园了。我满足于自己手创的天地，所谓壶底洞天便是这般的园地更幻想化的罢了，我曾有时这样想。我在沙中用手指掏了一个小洞，在洞口放了两颗白米，一茎豆芽；白米给它当作干粮，豆芽给它作润喉的果品。我希望这小小的庭园会比石滩上更舒适，不致使它想要逃开。

在蒙蒙的雨天，我拿了这瓦盘到露天底下去承受这微丝般的烟雨，因为我没有看到露水是怎样落下来的，所以设想这便是它所喜爱的露了。当我看到乌碧的有美丽的皱纹的鞘翅上蒙着细微的雾粒，微微开翕着欲鸣不鸣似的，伴着一进一退地颤抖着三对细肢，我也感到微雨的凉意，想来抖动我的身躯了。有时很久不下细雨，我便用喷衣服的水筒把水喷在蟋蟀的身上。

听说蟋蟀至久活不过白露。邻居的哥儿告诉我说。

"为什么呢？"

"那是因为太冷。"

"只是因为太凉吗？"

"怕它的寿命只有这几天日子吧。"

于是我翻开面子撕烂了的旧的黄历本，去找白露的一天，几时几刻交节。我屈指计算着我的蟋蟀还可以多活几天，不能盼望它不死，只盼望它是最后死的一个。我希望我能够延长这小动物的生命。

早秋初凉的日子，我便用棉花层层围裹着这瓦盘，沙中的草因不见天日枯黄了，我便换上了绿苔。又把米换了米仁。本来我想把它放在温暖的灶间里，转想这是不妥的，所以便只好这样了。

我天天察看这小虫的生活。我时常见它头埋在洞里，屁股朝外。是避寒么？是畏光么？我便把这洞掏得更深一些。又在附近挖了一个较浅的洞。

有一天它吃了自己的触须，又有一次啮断自己的一只大腿，这真使我惊异了。

"能有一年不死的蟋蟀么？"我不止一次地问我的母亲。

"西风起时便禁受不住了。"

"设若不吹到西风也可以么？"

"那是可怜的秋虫啊！你着了蟋蟀的迷么？下次不给你玩了。"

我屈指在计算着白露的日期。终于在白露的前五天这可怜的虫便死了。

· 075 ·

天气并不很冷，只在早晨须得换上夹衣，白昼是热的。园子里的玉蜀黍，已经黄熟了。

我用一只火柴盒子装了这死了的虫的肢体，在园子的一角，一株芙蓉花脚下挖了一个小洞，用瓦片砌成了小小的坟，把匣子放进去，掩上了一把土，复在一张树叶上放了三粒白米和一根豆芽，暗暗地祭奠了一番。心里盼望着夜间会有黑衣的哥儿来入梦，说是在地下也平安的罢。

"你今天脸色不好。着了凉么，孩子？"

母亲这样地说。

○阅读札记

作者幼时最爱蟋蟀，他细心地呵护着自己的蟋蟀朋友，尽自己所能为它筑一个舒适的"家"。可是这个小生命有着自己的生存规律，作者的精心照料并不能改变它的命运，只能在他幼小的心中留下一抹遗憾。

父亲的玳瑁

/ 鲁彦

在墙脚跟刷然溜过的那黑猫的影,又触动了我对于父亲的玳瑁的怀念。

净洁的白毛的中间,夹杂些淡黄的云霞似的柔毛,恰如透明的妇人的玳瑁首饰的那种猫儿,是被称为"玳瑁猫"的。我们家里的猫儿正是那一类,父亲就给了它"玳瑁"这个名字。

在近来的这一匹玳瑁之前,我们还曾有过另外的一匹。它有着同样的颜色,得到了同样的名字,同是从我姊姊家里带来,一样地为我们所爱。

但那是我不幸的妹妹的玳瑁,它曾经和她盘桓了十二年的岁月。

而现在的这一匹,是属于父亲的。

它什么时候来到我们家里,我不很清楚,据说大约已有三年光景了。父亲给我的信,从来不曾提过它。在他的理智中,仿佛以为玳瑁毕竟是一匹小小的兽,比不上任何的家事,足以通知我似的。

但当我去年回到家里的时候,我看到了父亲和玳瑁的感情了。

每当厨房的碗筷一搬动,父亲在后房餐桌边坐下的时候,玳瑁便在门外咪咪地叫了起来。这叫声是只有两三声,从不多叫的。它仿佛在问父亲,可不可以进来似的。

于是父亲就说了，完全像对什么人说话一样：

"玳瑁，这里来！"

我初到的几天，家里突然增多了四个人，在玳瑁似乎感觉到热闹与生疏的恐惧，常不肯即刻进来。

"来吧，玳瑁！"父亲望着门外，不见它进来，又说了。

但是玳瑁只回答了两声咪咪仍在门外徘徊着。

"小孩一样，看见生疏的人，就怕进来了。"父亲笑着对我们说。

但是过了一会儿，玳瑁在大家的不注意中，已经跃上了父亲的膝。

"呐，在这里了。"父亲说。

我们弯过头去看，它伏在父亲的膝上，睁着略带惧怯的眼望着我们，仿佛预备逃遁似的。

父亲立刻理会它的感觉，用手抚摩着它的颈背，说："困吧，玳瑁。"一面他又转过来对我们说："不要多看它，它像姑娘一样的呢。"

我们吃着饭，玳瑁从不跳到桌上来，只是静静地伏在父亲的膝上。有时鱼腥的气息引诱着它，它便偶尔伸出半个头来望了一望，又立刻缩了回去。它的脚不肯触着桌。这是它的规矩，父亲告诉我们说，向来是这样的。

父亲吃完饭，站起来的时候，玳瑁便先走出门外去。它知道父亲要到厨房里去给它预备饭了。那是真的。父亲从来不曾忘记过，他自己一吃完饭，便去添饭给玳瑁的。玳瑁的饭每次都有鱼或鱼汤拌着。父亲自己这几年来对于鱼的滋味据说有点厌，但即使自己不吃，他总是每次上街去，给玳瑁带了一些鱼来，而且给它储存着的。

白天，玳瑁常在储藏东西的楼上，不常到楼下的房子里来。但每当父亲有什么事情将要出去的时候，玳瑁像是在楼上看着的样子，便溜到父亲的身边，绕着父亲的脚转了几下，一直跟父亲到门边。父亲回来的时候，它又像是在什么地方远远望着，静静地倾听着的样子，待父亲一跨进门限，它又在父亲的脚边了。它并不时时刻刻跟着父亲，但父亲的一举一动，父亲的进出，它似乎时刻在那里留心着。

晚上，玳瑁睡在父亲的脚后的被上，陪伴着父亲。

我们回家后，父亲换了一个寝室。他现在睡到弄堂门外一间从来没有人去的房子里了。

玳瑁有两夜没有找到父亲，只在原地方走着，叫着。它第一夜跳到父亲的床上，发现睡着的是我们，便立刻跳了出去。

正是很冷的天气。父亲记挂着玳瑁夜里受冷，说它恐怕不会想到他会搬到那样冷落的地方去的，而且晚上弄堂门又关得很早。

但是第三天的夜里，父亲一觉醒来，玳瑁已在床上睡着了，静静的，咕咕念着猫经。

半个月后，玳瑁对我也渐渐熟了。它不复躲避我。当它在父亲身边的时候，我伸出手去，轻轻抚摩着它的颈背。它伏着不动。然而它从不自己走近我。我叫它，它仍不来。就是母亲，她是永久和父亲在一起的，它也不肯走近她。父亲呢，只要叫一声"玳瑁"，甚至咳嗽一声，它便不晓得从什么地方溜出来了，而且绕着父亲的脚。

有两次玳瑁到邻居去游走，忘记了吃饭。我们大家叫着"玳瑁玳瑁"，东西寻找着，不见它回来。父亲却猜到它哪里去了。他拿着玳瑁的饭碗走出门外，用筷子敲着，只喊了两声"玳瑁"，玳瑁便从很远的邻屋上走来了。

"你的声音像格外不同似的，"母亲对父亲说，"只消叫两声，又不大，它便老远地听见了。"

"是哪，它只听我管的哩。"

对于寂寞地度着残年的老人，玳瑁所给予的是儿子和孙子的安慰，我觉得。

六月四日的早晨，我带着战栗的心重到家里，父亲只躺在床上远远地望了我一下，便疲倦地合上了眼皮。我悲苦地牵着他的手在我的面上抚摩。他的手已经有点生硬，不复像往日柔和地抚摩玳瑁的颈背那么自然。据说在头一天的下午，玳瑁曾经跳上他的身边，悲鸣着，父亲还很自然地抚摩着它亲密地叫着"玳瑁"。而我呢，已经迟了。

从这一天起，玳瑁便不再走进父亲的以及和父亲相连的我们的房子。我们有好几天没有看见玳瑁的影子。我代替了父亲的工作，给玳瑁在厨房里备好鱼拌的饭，敲着碗，叫着"玳瑁"。玳瑁没有回答，也不出来。母亲说，这几天家里人多，闹得很，它该是躲在楼上怕出来的。于是我把饭碗一直送到楼上，然而玳瑁仍没有影子。过了一天，碗里的饭照样地摆在楼上，只饭粒干瘪了一些。

玳瑁正怀着孕，需要好的滋养。一想到这，大家更其焦虑了。

第五天早晨，母亲才发现给玳瑁在厨房预备着的另一只饭碗里的饭略略少了一些。大约它在没有人的夜里走进了厨房。它应该是非常饥饿了，然而仍像吃不下的样子。

一星期后，家里的戚友渐渐少了。玳瑁仍不大肯露面。无论谁叫它，都不答应，偶然在楼梯上溜过的后影，显得憔悴而且瘦削，连那怀着孕的肚子也好像小了一些似的。

一天一天家里愈加冷静了。满屋里主宰着静默的悲哀。一到晚上，人还没有睡，老鼠便吱吱叫着活动起来，甚至我们房间的楼上也在叫着跑着。玳瑁是最会捕鼠的。当去年我们回家的时候，即使它跟着父亲睡在远一点的地方，我们的房间里从没有听见过老鼠的声音，但现在玳瑁就睡在隔壁的楼上，也不过问了。我们毫不埋怨它。我们知道它所以这样的原因。

可怜的玳瑁。它不能再听到那熟识的亲密的声音，不能再得到那慈爱的抚摩，它是在怎样地悲伤呵！

三星期后，我们全家要离开故乡。大家预先就在商量，怎样把玳瑁带出来。但是离开预定的日子前一星期，玳瑁生了小孩了。我们看见它的肚子松瘪着。

怎样可以把它带出来呢？

然而为了玳瑁，我们还是不能不带它出来。我们家里的门将要全锁上。邻居们不会像我们似的爱它，而且大家全吃着素菜，不会舍得买鱼饲它。单看玳瑁的脾气，连对于母亲也是冷淡淡的，决不会喜欢别的邻居。

我们还是决定带它一道来上海。

它生了几个小孩，什么样子，放在哪里，我们虽然极想知道，却不敢去惊动玳瑁。我们预定在饲玳瑁的时候，先捉到它，然后再寻觅它的小孩。因为这几天来，玳瑁在吃饭的时候，已经不大避人，捉到它应该是容易的。

但是两天后，我们十几岁的外甥遏抑不住他的热情了。不知怎样，玳瑁的孩子们所在的地方先被他很容易地发现了。它们原来就在楼梯门口，一只半掩着的糠箱里。玳瑁和它的小孩们就住在这里，是谁也想不到的。外甥很喜欢，叫大家去看。玳瑁已经溜得远远的，在惧怯地望着。

我们想，既然玳瑁已经知道我们发觉了它的小孩的住所，不如便先把它的小孩看守起来，因为这样，也可以引诱玳瑁的来到，否则它会把小孩衔到更没有人晓得的地方去的。

于是我们便做了一个更安适的窝，给它的小孩们，携进了以前父亲的寝室，而且就在父亲的床边。

那里是四个小孩，白的，黑的，黄的，玳瑁的，都还没有睁开眼睛。贴着压着，钻做一团，肥圆的。捉到它们的时候，偶然发出微弱的老鼠似的吱吱的鸣声。

"生了几只呀？"母亲问着。

"四只。"

"嗨！四只！怪不得！扛了你父亲的棺材，不要再扛我的呢！"母亲叹息着，不快活地说。

大家听着这话，愣住了。

"把它们丢出去！"外甥叫着说，但他同时却又喜悦地抚摩着玳瑁的小孩们，舍不得走开。

玳瑁现在在楼上寻觅了，它大声地叫着。

"玳瑁，这里来，在这里。"我们学着父亲仿佛对人说话似的叫着玳瑁说。

但是玳瑁像只懂得父亲的话，不能了解我们说什么。它在楼上寻觅着，在弄堂里寻觅着，在厨房里寻觅着，可不走进以前父亲天天夜里带着它睡觉的房子。我们有时故意作弄它的小孩们，使它们发出微弱的鸣声。玳瑁仍像没有听见似的。

过了一会儿，玳瑁给我们女工捉住了。它似乎饿了，走到厨房去吃饭，却不防给她一手捉住了颈背的皮。

"快来！快来！捉住了！"她大声叫着。

我扯了早已预备好的绳圈，跑出去。

玳瑁大声地叫着，用力地挣扎着。待至我伸出手去，还没抱住玳瑁，女工的手一松，玳瑁溜走了。

它再不到厨房里去，只在楼上叫着，寻觅着。

几点钟后，我们只得把玳瑁的小孩们送回楼上。它们显然也和玳瑁似的在忍受着饥饿和痛苦。

玳瑁又静默了，不到十分钟，我们已看不见它的小孩们的影子。现在可不必再费气力，谁也不会知道它们的所在。

　　有一天一夜，玳瑁没有动过厨房里的饭。以后几天，它也只在夜里，待大家睡了以后到厨房里去。

　　我们还想设法带玳瑁出来，但是母亲说：

　　"随它去吧，这样有灵性的猫，哪里会不晓得我们要离开这里。要出去自然不会躲开的。你们看它，父亲过世以后，再也不忍走进那两间房里，并且几天没有吃饭，明明在非常伤心。现在怕是还想在这里陪伴你们父亲的灵魂呢。它原是你父亲的。"

　　我们只好随玳瑁自己了。它显然比我们还舍不得父亲，舍不得父亲所住过的房子，走过的路以及手所抚摸过的一切。父亲的声音，父亲的形象，父亲的气息，应该都还很深刻地萦绕在它的脑中。

　　可怜的玳瑁，它比我们还爱父亲！

　　然而玳瑁也太凄惨了。以后还有谁再像父亲似的按时给它好的食物，而且慈爱地抚摸着它，像对人说话似的一声声地叫它呢？

　　离家的那天早晨，母亲曾给它留下了许多给孩子吃的稀饭在厨房里。门虽然锁着，玳瑁应该仍然晓得走进去。邻居们也曾答应代我们给它饲料。然而又怎能和父亲在的时候相比呢？

　　现在距我们离家的时候又已一月多了。玳瑁应该很健康，它的小孩们也该是很活泼可爱了吧？

　　我希望能再见到和父亲的灵魂永久同在着的玳瑁。

○阅读札记

玳瑁与父亲是那样的亲密、依恋、形影不离。父亲死后,每一个人都陷入沉重的伤痛之中,而玳瑁似乎比每一个人都更爱父亲,更加伤心。作者何尝不是以玳瑁之名,表达对父亲的思念呢?

草木本有心

常听人说「人非草木，孰能无情」，于是我们常常会默认草木无情。我不知草木是否真的无情，可是人往往会在草木身上寄托很多情感。我们会为春花欣喜，也会为秋叶神伤；我们在草木身上看到了美的绚烂，也看到了生命的坚韧。感谢草木为我们装点了这个美丽的世界。

养花

/ 老舍

我爱花，所以也爱养花。我可还没成为养花专家，因为没有工夫去作研究与试验。我只把养花当作生活中的一种乐趣，花开得大小好坏都不计较，只要开花，我就高兴。在我的小院中，到夏天，满是花草，小猫儿们只好上房去玩耍，地上没有它们的运动场。

花虽多，但无奇花异草。珍贵的花草不易养活，看着一棵好花生病欲死是件难过的事。我不愿时时落泪。北京的气候，对养花来说，不算很好。冬天冷，春天多风，夏天不是干旱就是大雨倾盆；秋天最好，可是忽然会闹霜冻。在这种气候里，想把南方的好花养活，我还没有那么大的本事。因此，我只养些好种易活、自己会奋斗的花草。

不过，尽管花草自己会奋斗，我若置之不理，任其自生自灭，它们多数还是会死了的。我得天天照管它们，像好朋友似的关切它们。一来二去，我摸着一些门道：有的喜阴，就别放在太阳地里，有的喜干，就别多浇水。这是个乐趣，摸住门道，花草养活了，而且三年五载老活着、开花，多么有意思呀！不是乱吹，这就是知识呀！多得些知识，一定不是坏事。

我不是有腿病吗，不但不利于行，也不利于久坐。我不知道花草们受我的照顾，感谢我不感谢；我可得感谢它们。在我工作的时候，我总是写了几十个字，就到院中去看看，浇浇这棵，搬搬那盆，然后回到屋中再写一点，然后再出去，如此循环，把脑力劳动与体力劳动结合到一起，有益身心，胜于吃药。要是赶上狂风暴雨或天气突变哪，就得全家动员，抢救花草，十分紧张。几百盆花，都要很快地抢到屋里去，使人腰酸腿疼，热汗直流。第二天，天气好转，又得把花儿都搬出去，就又一次腰酸腿疼，热汗直流。可是，这多么有意思呀！不劳动，连棵花儿也养不活，这难道不是真理么？

送牛奶的同志进门就夸"好香"！这使我们全家都感到骄傲。赶到昙花开放的时候，约几位朋友来看看，更有秉烛夜游的神气——昙花总在夜里放蕊。花儿分根了，一棵分为数棵，就赠给朋友们一些；看着友人拿走自己的劳动果实，心里自然特别喜欢。

当然，也有伤心的时候，今年夏天就有这么一回。三百株菊秧还在地上（没到移入盆中的时候），下了暴雨。邻家的墙倒了下来，菊秧被砸死者约三十多种，一百多棵！全家都几天没有笑容！

有喜有忧，有笑有泪，有花有实，有香有色，既须劳动，又长见识，这就是养花的乐趣。

○阅读札记

在养花的过程中，有辛苦，有快乐，也有忧伤。花草对于作者来说，不仅是爱好，也是生活的乐趣，从中可以看出作者真的是一个热爱生活的人。

落花生

/ 老舍

我是个谦卑的人。但是，口袋里装上四个铜板的落花生，一边走一边吃，我开始觉得比秦始皇还骄傲。假若有人问我："你要是做了皇上，你怎么享受呢？"简直的不必思索，我就答得出："派四个大臣拿着两块钱的铜子，爱买多少花生吃就买多少！"

什么东西都有个幸与不幸。不知道为什么瓜子比花生的名气大。你说，凭良心说，瓜子有什么吃头？它夹你的舌头，塞你的牙，激起你的怒气——因为一咬就碎；就是幸而没碎，也不过是那么小小的一片，不解饿，没味道，劳民伤财，布尔乔亚！你看落花生：大大方方的，浅白麻子，细腰，曲线美。这还只是看外貌。弄开看：一胎儿两个或者三个粉红的胖小子。脱去粉红的衫儿，象牙色的豆瓣一对对的抱着，上边儿还结着吻。那个光滑，那个水灵，那个香喷喷的，碰到牙上那个干松酥软！白嘴吃也好，就酒喝也好，放在舌上当槟榔含着也好。写文章的时候，三四个花生可以代替一支香烟，而且有益无损。

种类还多呢：大花生，小花生，大花生米，小花生米，糖饯的，炒的，煮的，炸的，各有各的风味，而都好吃。下雨阴天，煮上些小花生，放点盐；来四两玫瑰露；够作好几首诗的。瓜子可给诗的灵感？冬夜，早早的躺在被窝里，看着《水浒》，枕旁放着些花生米；花生米的香味，在舌上，在鼻尖；被窝里的暖气，武松打虎……这便是天国！冬天在路上，刮着冷风，或下着雪，袋里有些花生使你心中有了主儿；掏出一个来，剥了，慌忙往口中送，闭着嘴嚼，风或雪立刻不那么厉害了。况且，一个二十岁以上的人肯神仙似的，无忧无虑的，随随便便的，在街上一边走一边吃花生，这个人将来要是做了宰相或度支部尚书，他是不会有官僚气与贪财的。他若是做了皇上，必是朴俭温和直爽天真的一位皇上，没错。吃瓜子的照例不在街上走着吃，所以我不给他保这个险。

　　至于家中要是有小孩儿，花生简直比什么也重要。不但可以吃，而且能拿它们玩。夹在耳唇上当环子，几个小姑娘就能办很大的一回喜事。小男孩若找不着玻璃球儿，花生也可以当弹儿。玩法还多着呢。玩了之后，剥开再吃，也还不脏。两个大子儿的花生可以玩半天；给他们些瓜子试试。

　　论样子，论味道，栗子其实满有势派儿。可是它没有落花生那点家常的"自己"劲儿。栗子跟人没有交情，仿佛是。核桃也不行，榛子就更显着疏远。落花生在哪里都有人缘，自天子以至庶人都跟它是朋友；这不容易。

　　在英国，花生叫作"猴豆"——Monkey nuts。人们到动物园去才带上一包，去喂猴子。花生在这个国里真不算很光荣，可是我亲眼看见去喂猴子的人——小孩就更不用提了——偷偷的也往自己口中送这猴豆。花生和苹果好像一样的有点魔力，假如你知道苹果的典故；我这儿确是用着典故。

　　美国吃花生的不限于猴子。我记得有位美国姑娘，在到中国来的时候，把几只皮箱的空处都填满了花生，大概凑起来总够十来斤吧，怕是到中国吃不着这种宝物。美国姑娘都这样重看花生，可见它确是有价值；按照哥伦比亚的哲学博士的辩证法看，这当然没有误儿。

花生大概还跟婚礼有点关系，一时我可想不起来是怎么个办法了；不是新娘子在轿里吃花生，不是；反正是什么什么春吧——你可晓得这个典故？其实花轿里真放上一包花生米，新娘子未必不一边落泪一边嚼着。

○阅读札记

作者用一种生动、幽默的语言表达了对花生的喜爱，描述了花生的好吃、好看，还好玩，还详细叙述了花生的各种做法及不同的滋味，让读者仿若吃到了美味的花生。不仅如此，作者还将瓜子、栗子、核桃等作对比，读起来妙趣横生。

吃莲花的

/ 老舍

今年我种了两盆白莲。盆是由北平搜寻来的,里外包着绿苔,至少有五六十岁。泥是由黄河拉来的。水用趵突泉的。只是藕差点事,吃剩下来的菜藕。好盆好泥好水敢情有妙用,菜藕也不好意思了,长吧,开花吧,不然太对不起人!居然,拔了梗,放了叶,而且开了花。一盆里七八朵,白的!只有两朵,瓣尖上有点红,我细细地用檀香粉给涂了涂,于是全白。作诗吧,除了作诗还有什么办法?专说"亭亭玉立"这四个字就被我用了七十五次,请想我作了多少首诗吧!

这且不提。好几天了,天天门口卖菜的带着几把儿白莲。最初,我心里很难过。好好的莲花和茄子冬瓜放在一块,真!继而一想,若有所悟。啊,济南名士多,不能自己"种"莲,还不"买"些用古瓶清水养起来,放在书斋?是的,一定是这样。

这且不提。友人约游大明湖,"去买点莲花来!"他说。"何必去买,我的两盆还不可观?"我有点不痛快,心里说:"我自种的难道比不上湖里的?真!"况且,天这么热,游湖更受罪,不如在家里,煮点毛豆角,喝点莲花白,作两首诗,以自种白莲为题,岂不雅妙?友人看着那两盆花,点了点头。我心里不用提多么痛快了；友人也很雅哟！除了作新诗向来不肯用这"哟"，可是此刻非用不可了！我忙着吩咐家中煮毛豆角，看看能买到鲜核桃不。然后到书房去找我的诗稿。友人静立花前，欣赏着哟！

这且不提。及至我从书房回来一看，盆中的花全在友人手里握着呢，只剩下两朵快要开败的还在原地未动。我似乎忽然中了暑，天旋地转，说不出话。友人可是很高兴。他说："这几朵也对付了，不必到湖中买去了。其实门口卖菜的也有，不过没有湖上的新鲜便宜。你这些不很嫩了，还能对付。"他一边说着，一边奔了厨房。"老田，"他叫着我的总管事兼厨子，"把这用好香油炸炸。外边的老瓣不要，炸里边那嫩的。"老田是我由北平请来的，和我一样不懂济南的典故，他以为香油炸莲瓣是什么偏方呢。"这治什么病，烫伤？"他问。友人笑了。"治烫伤？吃！美极了！没看见菜挑子上一把一把儿地卖吗？"

这且不提。还提什么呢，诗稿全烧了，所以不能附录在这里。

○阅读札记

用上好盆、好泥、好水，种了一株莲花，不想却开得十分可爱，这让作者惊喜万分，张罗着为白莲写诗，邀请好友来家赏莲，没想到却被好友用来做成了菜，让作者心痛不已。可是作者却将这伤心事写得如此生动、有趣，让人不觉莞尔。

问梅花消息

/ 周瘦鹃

"月之某日,偕同人问梅于我南邻紫兰小筑,时正红萼含馨,碧簪初绽。"这是杨千里前辈在我嘉宾题名录上所写的几句话。他们一行九人,是专诚来问梅花消息的。今春因春寒甚厉,加以有了一个闰三月,节令延迟,所以梅花迟迟未放。我天天望着园子里二十多株梅树和四十多盆梅桩,焦急不耐,而梅蕊为春寒所勒,老是不肯开放,真如清代尤展成《清平乐·咏梅蕊》一词所谓:"烟姿玉骨。淡淡东风色。勾引春光一半出。犹带几分羞涩。　陇头倚雪眠霜。寒肌密抱疏香。待得罗浮梦破,美人打点新妆。"在它们犹带几分羞涩,而我却望穿秋水了。

今年立春以后,又连下了两次春雪,雪又相当大,因此梅花也受了影响,欲开又止;宋代范成大有《梅为雪所厄》一诗云:"冻蕊黏枝瘦欲干,新年犹未有春看。雪花只欲欺红紫,不道梅花也怕寒。"我也以梅花怕寒为虑,真欲向东皇请命,快把温暖的春风来嘘拂它们啊。

这一个月来,每逢亲友,总是向我问梅花消息,倒像唐代王摩诘的那首诗:"君自故乡来,应知故乡事。来日绮窗前,寒梅着花未。"我对于这样的问讯,答不胜答,只得以尚有十天半月来安慰他们,直到农历二月初，才见爱莲堂和紫罗兰盫中陈列着的十多盆大小梅桩，陆续开放起来；我忙向亲友们报了喜讯，于是臣门如市，都来看"美人打点新妆"了。

梅花不肯早放，确是一件憾事！古时有所谓羯鼓催花的，恨不得也催它们一催呢。宋代诗人对于梅花晚开的遗憾，也有形之吟咏的，如朱熹《探梅得句》云："迎霜破雪是寒梅，何事今年独晚开。应为花神无意管，故烦我辈着诗催。繁英未怕随清角，疏影谁怜蘸绿杯。珍重南邻诸酒伴，又寻江路觅香来。"又尤袤《入春半月未有梅花》云："枯树扶疏水满池，攀翻未见玉团枝。应羞无雪教谁伴，未肯先春独探支。几度杖藜贪看早，一年芳信恨开迟。留连东阁空愁绝，只误何郎作好诗。"

我园梅丘梅屋一带，因坐南面北，梅花开得更迟，除红梅渐有开放外，白梅、绿萼梅还是含苞，而有几位种花的朋友，却赶来看这含苞的梅花，说开足了反没有意思。这倒与清代诗人宋琬所见略同，他曾有小简约友看梅云："永兴寺老梅，花中之鲁灵光也。亟欲一往，而门下以花信尚早为辞。不知花之佳处，正在含苞蓄蕊，辛稼轩所谓十三女儿学绣时也。及至离披烂漫，则风韵都减。故虽怪风疾雨，亦当携卧具以行。仆已借得葛生蹇驴，期门下于西谿桥下矣。"此君的话自有见地，尤以浅红梅含苞为美，一开足反而减色了。

○ 阅读札记

爱花爱美恐怕是人的天性。当初春来临，对于爱梅之人来说，最期待的便是梅花绽放之时。无论是含苞蓄蕊，还是灿烂地盛开，皆有其独特的美，让人神往。

秋菊有佳色

/ 周瘦鹃

"秋菊有佳色，挹露掇其英。"这是晋代高士陶渊明诗中的名句，与"采菊东篱下，悠然见南山"同为千古所传诵。陶渊明爱菊，也爱酒，常常对菊饮酒，悠闲自得。有一年重阳佳节，他恰好没有酒，坐在宅边菊花丛里，采了一把菊花赏玩着，忽见白衣人到，原来是江州刺史王弘送酒来了，于是一面赏菊，一面浅斟低酌起来。后人因渊明偏爱菊花之故，就在十二月花神中，尊渊明为九月菊花之神。凡有人特别爱菊的，就称为"渊明癖"。

我国之有菊花，历史最为悠久，算来已有二三千年了。《礼记·月令》曾有"季秋之月，菊有黄华"之句，大概那时只有黄菊一种，不像现在这样五光十色，应有尽有。到了战国时代，爱国诗人屈原的《楚辞》中，曾有"夕餐秋菊之落英"的名句。为了这一句，后人聚讼纷纭，以为菊花只会干，不会落，怎么说是落英？其实屈大夫并没有错，落，始也，落英就是说初开的花，色、香、味都好，确实可吃。

一般人都以为重阳可以赏菊，古人诗文中，也常有重阳赏菊的记载。其实据我的经验，每年逢到重阳节，往往无菊可赏，总要延迟到十月。宋代诗人苏东坡也曾经说，岭南气候不常，我以为菊花开时即重阳，因此在海南种菊九畹，不料到了仲冬方才开放，于是只得挨到十一月十五日，方置酒宴客，补作"重九会"。

明太祖朱元璋，曾有一首《菊花》诗："百花发，我不发。我若发，都骇煞。要与西风战一场，遍身穿就黄金甲。"就咏菊来说，那倒把菊花坚强的斗争精神，全都表达了出来。

明代名儒陆平泉初入史馆时，因事和同馆诸人去见宰相严嵩，大家争先恐后，挤上前去献媚，陆却退让在后面，不屑和他们争竞，那时恰见庭中陈列着许多盆菊，就冷冷地说道："诸君且从容一些，不要挤坏了陶渊明！"语中有刺，十分隽妙，大家听了，都面有愧色。

宋高宗时，宫廷中有一位善歌善舞的菊夫人，号"菊部头"，后来不知怎的，称病告归。太监陈源用厚礼聘请了去，把她留在西湖的别墅里，以供耳目之娱。有一天宫廷有歌舞，表演不称帝旨；提举官开礼启奏道："这个非菊部头不可。"于是重新把菊夫人召了进去，从此不出。陈源伤感之余，几乎病倒；有人作了曲献给他，名《菊花新》，陈大喜，将田宅金帛相报。后来陈每听此曲，总是感动得落泪，不久就死了。"菊部头"三字，现在往往用作京剧名艺人的代名词。

菊花中香气最可爱的，要算梨香菊，要是把手掌覆在花朵上嗅一嗅，就可闻到一种甜香，活像是天津的雅梨。据说最初发见时，还在清代同光年间，不知由哪一个大官，进贡于西太后。太后大为爱赏，后来赏了一本给南通张謇，张家的园丁偷偷地分种出卖，就流传出去，几乎到处都有了。花作白色，品种并不高贵，所可爱的，就是那一股雅梨般的甜香罢了。

在菊花时节，我怀念一位北京种菊的专家刘挈园先生，他正在孜孜不倦地保存旧种，培养新种，获得了莫大的成就。近年来他又采用了短日照培植法，使菊花提前一个月到两个月开放，人家的菊花正在含蕊，而他的园地上已有一部分盆菊早就怒放了。

我与刘先生虽未识面,却是神交已久。去年他托苏州老诗人张松身前辈向我征诗,我胡诌了七绝两首寄去,有"松菊为朋心似月,悬知彭泽是前身""黄金万镒何须计,菊有黄花便不贫"等句。刘先生得诗之后,很为高兴,回信说倘有机会,要把他的菊种相报。我对于他老人家的种种名菊,早就心向往之了,只是从未见过,真是时切相思,如今听说要将菊种见赐,怎么不大喜过望呢?可是地北天南,寄递不便,只好望眼欲穿地期待着。今夏苏州公园的花工濮根福同志,恰好到首都去出席全国先进生产者代表大会,我就写了封信托他带去,向刘先生道候,并婉转地说我老是在想望他的"老圃秋容"。

大会结束后,濮同志回到苏州来了,说曾见过了刘老先生,并带来了菊种六十个,共三十种,分作两份,一份赠与苏州市园林管理处,一份是赠与我的。我拜领之下,欣喜已极,就托濮同志代为培植。刘先生还开了一个名单给我,有"碧蕊玲珑""金凤含珠""霜里婵娟""杏花春雨""天孙织锦""银河长泻""霓裳仙舞""武陵春色""紫龙卧雪",等等,都是富有诗意的名称,我一个个吟味着,又瞧着那六十个绿油油的脚芽,恨不得立刻看它们开出五色缤纷的好花来。经了濮同志几个月的辛苦培养,六十个芽全都发了叶,含了蕊,到现在已完全开放,五光十色,应有尽有,真是丰富多彩,使小园中生色不少。我为了急于参加上海中山公园的菊展,就先取一本半开的黄菊,翻种在一只古铜的三元鼎里,加上一块英石,姿态入画,大书特书道:"北京来的客"。

刘先生不但是个艺菊专家,也是一位诗人。虽已年逾古稀,却老而弥健,一面艺菊,一面赋诗,曾先后寄了两张诗笺给我,不论一诗一词,都以菊为题材,他那契园中的室名斋名,如"寒荣室""守澹斋""晚香簃""延龄馆""寄傲轩"等，全都离不了菊，也足见他对于菊花的热爱。

刘先生艺菊，并不墨守陈规，专重老种，每年还用人工传粉杂交，因此新奇的品种，层出不穷，真是富于创造性的。他除了采用短日照培植法催使菊花早开外，还想利用原子能，曾赋诗言志云："原子云何可示踪？内含同位素相冲。叶中放射添营养，根外追肥易吸溶。利用驱虫如喷药，预期增产慰劳农。我思推进秋华上，一样更新喜改容。"我预祝他老人家成功。

○阅读札记

自古至今，中国的文人对菊都有着独特的偏爱。他们不仅爱菊之美，也爱菊所代表的精神与意义。周瘦鹃是一个爱花之人，自然也爱菊，写诗、培育、以菊交友，菊花为他的生活增添了更多的乐趣与色彩。

蛛丝和梅花

/ 林徽因

真真地就是那么两根蛛丝,由门框边轻轻地牵到一枝梅花上。就是那么两根细丝,迎着太阳光发亮……再多了,那还像样么?一个摩登家庭如何能容蛛网在光天白日里作怪,管它有多美丽,多玄妙,多细致,够你对着它联想到一切自然,造物的神工和不可思议处;这两根丝本来就该使人脸红,且在冬天够多特别!可是亮亮的,细细的,倒有点像银,也有点像玻璃制的细丝,委实不算讨厌,尤其是它们那么满脱风雅,偏偏那样有意无意地斜着搭在梅花的枝梢上。

你向着那丝看,冬天的太阳照满了屋内,窗明几净,每朵含苞的,开透的,半开的梅花在那里挺秀吐香,情绪不禁迷茫缥缈地充溢心胸,在那刹那的时间中振荡。同蛛丝一样的细弱,和不必需,思想开始抛引出去:由过去牵到将来,意识的,非意识的,由门框梅花牵出宇宙,浮云沧波踪迹不定。是人性,艺术,还是哲学,你也无暇计较,你不能制止你情绪的充溢,思想的驰骋,蛛丝梅花竟然是瞬息可以千里!

好比你是蜘蛛,你的周围也有你自织的蛛网,细致地牵引着天地,不怕多少次风雨来吹断它,你不会停止了这生命上基本的活动。此刻……"一枝斜好，幽香不知甚处，"……

拿梅花来说吧，一串串丹红的结蕊缀在秀劲的傲骨上，最可爱，最可赏，等半绽将开地错落在老枝上时，你便会心跳！梅花最怕开；开了便没话说。索性残了，沁香拂散同夜里炉火都能成了一种温存的凄清。

记起了，也就是说到梅花，玉兰。初是有个朋友说起初恋时玉兰刚开完，天气每天的暖，住在湖旁，每夜跑到湖边林子里走路，又静坐幽僻石上看隔岸灯火，感到好像仅有如此虔诚地孤对一片泓碧寒星远市，才能把心里情绪抓紧了，放在最可靠最纯净的一撮思想里，始不至亵渎了或是惊着那"寤寐思服"的人儿。那是极年轻的男子初恋的情景，——对象渺茫高远，反而近求"自我的"郁结深浅——他问起少女的情绪。

就在这里，忽记起梅花。一枝两枝，老枝细枝，横着，虬着，描着影子，喷着细香；太阳淡淡金色地铺在地板上；四壁琳琅，书架上的书和书签都像在发出言语；墙上小对联记不得是谁的集句；中条是东坡的诗。你敛住气，简直不敢喘息，巅起脚，细小的身形嵌在书房中间，看残照当窗，花影摇曳，你像失落了什么，有点迷惘。又像"怪东风着意相寻"，有点儿没主意！浪漫，极端的浪漫。"飞花满地谁为扫？"你问，情绪风似地吹动，卷过，停留在惜花上面。再回头看看，花依旧嫣然不语。"如此娉婷，谁人解看花意，"你更沉默，几乎热情地感到花的寂寞，开始怜花，把同情统统诗意地交给了花心！

这不是初恋，是未恋，正自觉"解看花意"的时代。情绪的不同，不止是男子和女子有分别，东方和西方也甚有差异。情绪即使根本相同，情绪的象征，情绪所寄托，所栖止的事物却常常不同。水和星子同西方情绪的联系，早就成了习惯。一颗星子在蓝天里闪，一流冷涧倾泻一片幽愁的平静，便激起他们诗情的波涌，心里甜蜜地，热情地便唱着由那些鹅羽的笔锋散下来的"她的眼如同星子在暮天里闪",或是"明丽如同单独的那颗星,照着晚来的天",或"多少次了,在一流碧水旁边,忧愁倚下她低垂的脸。"

惜花,解花太东方,亲昵自然,含着人性的细致是东方传统的情绪。

此外年龄还有尺寸,一样是愁,却跃跃似喜,十六岁时的,微风零乱,不颓废,不空虚,颠着理想的脚充满希望,东方和西方却一样。人老了脉脉烟雨,愁吟或牢骚多折损诗的活泼。大家如香山,稼轩,东坡,放翁的白发华发,很少不梗在诗里,至少是令人不快。话说远了,刚说是惜花,东方老少都免不了这嗜好,这倒不论老的雪鬓曳杖,深闺里也就攒眉千度。

最叫人惜的花是海棠一类的"春红",那样娇嫩明艳,开过了残红满地,太招惹同情和伤感。但在西方即使也有我们同样的花,也还缺乏我们的廊庑庭院。有了"庭院深深深几许"才有一种庭院里特有的情绪。如果李易安的"斜风细雨"底下不是"重门须闭"也就不"萧条"得那样深沉可爱;李后主的"终日谁来"也一样的别有寂寞滋味。看花更须庭院,常常锁在里面认识,不时还得有轩窗栏杆,给你一点凭藉,虽然也用不着十二栏杆倚遍,那么慵弱无聊。

当然旧诗里伤愁太多;一首诗竟像一张美的证券,可以照着市价去兑现!所以庭花,乱红,黄昏,寂寞太滥,诗常失却诚实。西洋诗,恋爱总站在前头,或是"忘掉",或是"记起",月是为爱,花也是为爱,只使全是真情,也未尝不太腻味。就以两边好的来讲。拿他们的月光同我们的月色比,似乎是月色滋味深长得多。花更不用说了;我们的花"不是预备采下缀成花球,或花冠献给恋人的",却是一树一树绰约的,个性的,自己立在情人的地位上接受恋歌的。

所以未恋时的对象最自然的是花,不是因为花而起的感慨,——十六岁时无所谓感慨，——仅是刚说过的自觉解花的情绪，寄托在那清丽无语的上边，你心折它绝韵孤高，你为花动了感情，实说你同花恋爱，也未尝不可，——那惊讶狂喜也不减于初恋。还有那凝望，那沉思……

一根蛛丝！记忆也同一根蛛丝，搭在梅花上就由梅花枝上牵引出去，虽未织成密网，这诗意的前后，也就是相隔十几年的情绪的联络。

午后的阳光仍然斜照，庭院阒然，离离疏影，房里窗棂和梅花依然伴和成为图案，两根蛛丝在冬天还可以算为奇迹，你望着它看，真有点像银，也有点像玻璃，偏偏那么斜挂在梅花的枝梢上。

二十五年新年漫记

○ 阅读札记

　　冬日的阳光洒满了屋内，那门与梅花间的两根发亮的细丝牵引着作者的思绪。由蛛丝与梅花，她联想到了玉兰、初恋、解花和那些优美的诗词……那些诗词与情感在思绪中流动，细腻又美好。

看花

/ 朱自清

生长在大江北岸一个城市里，那儿的园林本是著名的，但近来却很少；似乎自幼就不曾听见过"我们今天看花去"一类话，可见花事是不盛的。有些爱花的人，大都只是将花栽在盆里，一盆盆搁在架上；架子横放在院子里。院子照例是小小的，只够放下一个架子；架上至多搁二十多盆花罢了。有时院子里依墙筑起一座"花台"，台上种一株开花的树；也有在院子里地上种的。但这只是普通的点缀，不算是爱花。

家里人似乎都不甚爱花；父亲只在领我们上街时，偶然和我们到"花房"里去过一两回。但我们住过一所房子，有一座小花园，是房东家的。那里有树，有花架（大约是紫藤花架之类），但我当时还小，不知道那些花木的名字；只记得爬在墙上的是蔷薇而已。园中还有一座太湖石堆成的洞门；现在想来，似乎也还好的。在那时由一个顽皮的少年仆人领了我去，却只知道跑来跑去捉蝴蝶；有时掐下几朵花，也只是随意揉弄着，随意丢弃了。至于领略花的趣味，那是以后的事：夏天的早晨，我们那地方有乡下的姑娘在各处街巷，沿门叫着，"卖栀子花来。"栀子花不是什么高品，但我喜欢那白而晕黄的颜色和那肥肥的个儿，正和那些卖花的姑娘有着相似的韵味。栀子花的香，浓而不烈，清而不淡，也是我乐意的。我这样便爱起花来了。也许有人会问，"你爱的不是花吧？"这个我自己其实也已不大弄得清楚，只好存而不论了。

在高小的一个春天，有人提议到城外F寺里吃桃子去，而且预备白吃；不让吃就闹一场，甚至打一架也不在乎。那时虽远在五四运动以前，但我们那里的中学生却常有打进戏园看白戏的事。中学生能白看戏，小学生为什么不能白吃桃子呢？我们都这样想，便由那提议人纠合了十几个同学，浩浩荡荡地向城外而去。到了F寺，气势不凡地呵叱着道人们（我们称寺里的工人为道人），立刻领我们向桃园里去。道人们踌躇着说："现在桃树刚才开花呢。"但是谁信道人们的话？我们终于到了桃园里。大家都丧了气，原来花是真开着呢！这时提议人P君便去折花。道人们是一直步步跟着的，立刻上前劝阻，而且用起手来。但P君是我们中最不好惹的；"说时迟，那时快"，一眨眼，花在他的手里，道人已踉跄在一旁了。那一园子的桃花，想来总该有些可看；我们却谁也没有想着去看。只嚷着，"没有桃子，得沏茶喝！"道人们满肚子委屈地引我们到"方丈"里，大家各喝一大杯茶。这才平了气，谈谈笑笑地进城去。大概我那时还只懂得爱一朵朵的栀子花，对于开在树上的桃花，是并不了然的；所以眼前的机会，便从眼前错过了。

以后渐渐念了些看花的诗，觉得看花颇有些意思。但到北平读了几年书，却只到过崇效寺一次；而去得又嫌早些，那有名的一株绿牡丹还未开呢。北平看花的事很盛，看花的地方也很多；但那时热闹的似乎也只有一班诗人名士，其余还是不相干的。那正是新文学运动的起头，我们这些少年，对于旧诗和那一班诗人名士，实在有些不敬；而看花的地方又都远不可言，我是一个懒人，便干脆地断了那条心了。后来到杭州做事，遇见了

· 105 ·

Y君，他是新诗人兼旧诗人，看花的兴致很好。我和他常到孤山去看梅花。孤山的梅花是古今有名的，但太少；又没有临水的，人也太多。有一回坐在放鹤亭上喝茶，来了一个方面有须，穿着花缎马褂的人，用湖南口音和人打招呼道，"梅花盛开嗒！""盛"字说得特别重，使我吃了一惊；但我吃惊的也只是说在他嘴里"盛"这个声音罢了，花的盛不盛，在我倒并没有什么的。

有一回，Y来说，灵峰寺有三百株梅花；寺在山里，去的人也少。我和Y，还有N君，从西湖边雇船到岳坟，从岳坟入山。曲曲折折走了好一会，又上了许多石级，才到山上寺里。寺甚小，梅花便在大殿西边园中。园也不大，东墙下有三间净室，最宜喝茶看花；北边有座小山，山上有亭，大约叫"望海亭"吧，望海是未必，但钱塘江与西湖是看得见的。梅树确是不少，密密地低低地整列着。那时已是黄昏，寺里只我们三个游人；梅花并没有开，但那珍珠似的繁星似的骨都儿，已经够可爱了；我们都觉得比孤山上盛开时有味。大殿上正做晚课，送来梵呗的声音，和着梅林中的暗香，真叫我们舍不得回去。在园里徘徊了一会，又在屋里坐了一会，天是黑定了，又没有月色，我们向庙里要了一个旧灯笼，照着下山。路上几乎迷了道，又两次三番地狗咬；我们的Y诗人确有些窘了，但终于到了岳坟。船夫远远迎上来道："你们来了，我想你们不会冤我呢！"在船上，我们还不离口地说着灵峰的梅花，直到湖边电灯光照到我们的眼。

Y回北平去了，我也到了白马湖。那边是乡下，只有沿湖与杨柳相间着种了一行小桃树，春天花发时，在风里娇媚地笑着。还有山里的杜鹃花也不少。这些日日在我们眼前，从没有人像煞有介事地提议，"我们看花去。"但有一位S君，却特别爱养花；他家里几乎是终年不离花的。我们上他家去，总看他在那里不是拿着剪刀修理枝叶，便是提着壶浇水。我们常乐意看着。他院子里一株紫薇花很好,我们在花旁喝酒,不知多少次。白马湖住了不过一年,我却传染了他那爱花的嗜好。但重到北平时,住在花事很盛的清华园里,接连过了三个春,却从未想到去看一回。只在第二年秋天,曾经和孙三先生在园里看过几次菊花。"清华园之菊"是著名的,孙三先生还特地写了一篇文,画了好些画。但那种一盆一干一花的养法,花是好了,总觉没有天然的风趣。直到去年春天,有了些余闲,在花开前,先向人问了些花的名字。一个好朋友是从知道姓名起的,我想看花也正是如此。恰好Y君也常来园中,我们一天三四趟地到那些花下去徘徊。今年Y君忙些,我便一个人去。我爱繁花老干的杏,临风娲娜的小红桃,贴梗累累如珠的紫荆;但最恋恋的是西府海棠。海棠的花繁得好,也淡得好;艳极了,却没有一丝荡意。疏疏的高干子,英气隐隐逼人。可惜没有趁着月色看过;王鹏运有两句词道:"只愁淡月朦胧影,难验微波上下潮。"我想月下的海棠花,大约便是这种光景吧。为了海棠,前两天在城里特地冒了大风到中山公园去,看花的人倒也不少;但不知怎的,却忘了畿辅先哲祠。Y告我那里的一株,遮住了大半个院子;别处的都向上长,这一株却是横里伸张的。花的繁没有法说;海棠本无香,昔人常以为恨,这里花太繁了,却酝酿出一种淡淡的香气,使人久闻不倦。Y告我,正是刮了一日还不息的狂风的晚上;他是前一天去的。他说他去时地上已有落花了,这一日一夜的风,准完了。他说北平看花,是要赶着看的:春光太短了,又晴的日子多;今年算是有阴的日子了,但狂风还是逃不了的。我说北平看花,比别处有意思,也正在此。这时候,我似乎不甚菲薄那一班诗人名士了。

○阅读札记

　　作者从不甚爱花,对诗人名士看花不屑一顾,到常与好友赏花,逐渐体会到看花的乐趣。后来的朱自清,会为错过看花而惋惜,会去欣赏每一种花不同的美,他真正地爱上了看花。

花潮

/ 李广田

昆明有个圆通寺。寺后就是圆通山。从前是一座荒山,现在是一个公园,就叫圆通公园。

公园在山上。有亭,有台,有池,有榭,有花,有树,有鸟,有兽。

后山沿路,有一大片海棠,平时枯枝瘦叶,并不惹人注意,一到三四月间,真是花团锦簇,变成一个花世界。

这几天天气特别好,花开得也正好,看花的人也就最多。"紫陌红尘拂面来,无人不道看花回",办公室里,餐厅里,晚会上,道路上,经常听到有人问答:"你去看海棠没有?""我去过了。"或者说:"我正想去。"到了星期天,道路相逢,多争说圆通山海棠消息。一时之间,几乎形成一种空气,甚至是一种压力,一种诱惑,如果谁没有到圆通山看花,就好像是一大憾事,不得不挤点时间,去凑个热闹。

星期天,我们也去看花。不错,一路同去看花的人可多着哩。进了公园门,步步登山,接踵摩肩,人就更多了。向高处看,隔着密密层层的绿荫,只见一片红云,望不到边际,真是,"寺门尚远花光来,漫天锦绣连云开"。这时候,什么苍松啊,翠柏啊,碧梧啊,修竹啊……都挽不住游人。大家都一口气地攀到最高峰，淹没在海棠花的红海里。后山一条大路，两旁，四周，都是海棠。人们坐在花下，走在路上，既望不见花外的青天，也看不见花外还有别的世界。花开得正盛，来早了，还未开好，来晚了已经开败，"千朵万朵压枝低"，每棵树都炫耀自己的鼎盛时代，每一朵花都在微风中枝头上颤抖着说出自己的喜悦。"喷云吹雾花无数，一条锦绣游人路"，是的，是一条花巷，一条花街，上天下地都是花，可谓花天花地。可是，这些说法都不行，都不足以说出花的动态，"四厢花影怒于潮"，"四山花影下如潮"，还是"花潮"好。古人写诗真有他的，善于说出要害，说出花的气势。你不要乱跑，你静下来，你看那一望无际的花，"如钱塘潮夜澎湃"，有风，花在动，无风，花也潮水一般地动，在阳光照射下，每一个花瓣都有它自己的阴影，就仿佛多少波浪在大海上翻腾，你越看得出神，你就越感到这一片花潮正在向天空向四面八方伸张，好像有一种生命力在不断扩展。而且，你可以听到潮水的声音，谁知道呢，也许是花下的人语声，也许是花丛中蜜蜂嗡嗡声，也许什么地方有黄莺的歌声，还有什么地方送来看花人的琴声，歌声，笑声……这一切交织在一起，再加上风声，天籁人籁，就如同海上午夜的潮声。大家都是来看花的，可是，这个花到底怎么看法？有人走累了，拣个最好的地方坐下来看，不一会，又感到这里不够好，也许别个地方更好吧，于是站起来，既依依不舍，又满怀向往，慢步移向别处去。多数人都在花下走来走去，这棵树下看看，好，那棵树下看看，也好，伫立在另一棵树下仔细端详一番，更好，看看，想想，再看看，再想想。有人很大方，只是驻足观赏，有人贪心重，伸手牵过一枝花来摇摇，或者干脆翘起鼻子一嗅，再嗅，甚至三嗅。"天公斗巧乃如此，令人一步千徘徊。"人们面对这绮丽的风光，真是徒唤奈何了。

　　老头儿们看花，一面看，一面自言自语，或者嘴里低吟着什么。老妈妈看花，扶着拐杖，牵着孙孙，很珍惜地折下一朵，簪在自己的发髻上。青年们穿得整整齐齐，干干净净，好像参加什么盛会，不少人已经穿上雪白的衬衫，有的甚至是绸衬衫，有的甚至已是短袖衬衫，好像夏天已经来到他们身上，东张张，西望望，既看花，又看人，阳气得很。青年妇女们，也都打扮得利利落落，很多人都穿着花衣花裙，好像要与花争妍，也有人搽了点胭脂，抹了点口红，显得很突出，可是，在这花世界里，又叫人感到无所谓了。很自然地想起了龚自珍《西郊落花歌》中说的，"如八万四千天女洗脸罢，齐向此地倾胭脂"，真也有点形容过分，反而没有真实感了。小学生们，系着漂亮的红领巾，带着弹弓来了，可是他们并没有射击，即便有鸟，也不射了，被这一片没头没脑的花惊呆了。画家们正调好了颜色对花写生，看花的人又围住了画花的，出神地看画家画花。喜欢照相的人，抱着照相机跑来跑去，不知是照花，还是照人，是怕人遮了花，还是怕花遮了人，还是要选一个最好的镜头，使如花的人永远伴着最美的花。有人在花下喝茶，有人在花下弹琴，有人在花下下象棋，有人在花下打桥牌。昆明四季如春，四季有花，可是不管山茶也罢，报春也罢，梅花也罢，杜鹃也罢，都没有海棠这样幸运，有这么多人，这样热热闹闹地来访它，来赏它，这样兴致勃勃地来赶这个开花的季节。还有桃花什么的，目前也还开着，在这附近，就有几树碧桃正开，"猩红鹦绿天人姿，回首夭桃恼失色"，显得冷冷落落地呆在一旁，并没有谁去理睬。在这圆通山头，可以看西山和滇池，可以看平林和原野，可是这时候，大家都在看花，什么也顾不得了。

　　看着看着，实在也有点疲乏，找个地方坐下来休息一下吧，哪里没有人？都是人。坐在一群看花人旁边，无意中听人家谈论，猜想他们大概是哪个学校的文学教师。他们正在吟诗谈诗：

一个吟道:"泪眼问花花不语,乱红飞过秋千去。"

一个说:"这个不好,哪来的这么些眼泪!"

另一个吟道:"一片花飞减却春,风飘万点正愁人。"

又一个说:"还是不好,虽然是诗圣的佳句,也不好。"

一个青年人抢过去说:"繁枝容易纷纷落,嫩蕊商量细细开,也是杜诗,好不好?"

一个人回答:"好的,好的,思想健康,说的是新陈代谢。"

一个人不等他说完就接上去:"好是好,还不如龚定庵的'落红不是无情物,化作春泥更护花',有辩证观点,乐观精神。"

有一个人一直不说话,人家问他,他说:"天何言哉,四时兴焉,万物生焉,天何言哉。桃李无言,下自成蹊。你们看,海棠并没有说话,可是大家都被吸引来了。"

我也没有说话。想起泰山高处有人在悬崖上刻了四个大字:"予欲无言",其实也甚是多事。

回家的路上,还是听到很多人纷纷议论。

有人说:"今年的花,比去年好,去年,比前年好,解放以前,谈不到。"

有人说:"今天看花好,今夜睡好,明天工作好。"

有人说:"明天作文课,给学生出题目,有了办法。"

有人说:"最好早晨来看花,迎风带露的花,会更娇更美。"

有人说:"雨天来看花更好,海棠著雨胭脂透,当然不是大雨滂沱,而是斜风细雨。"

有人说:"也许月下来看花更好,将是花气氤氲。"

有人说:"下星期再来看花,再不来就完了。"

有人说:"不怕花落去,明年花更好。"

好一个"明年花更好"。我一面走着,一面听人家说着,自己也默念着这样两句话:

春光似海,盛世如花。

1962年4月

○阅读札记

海棠花盛开的季节,吸引了无数游人前去赏花。花儿开得是那样繁盛,如一片片红云,圆通寺成了花的世界。看花的人们欣赏着、品鉴着、讨论着,不舍得错过一点儿花的美。如此春光,何不去赏花?

通草花

/ 李广田

早春花少,蜜蜂要采蜜,必须飞到较远的地方。新出房的蜜蜂是有些晕眩的,而且已忘记了旧时的花路。一只非常明洁的蜜蜂飞到我的案头,嗡嗡地唱着,就在花瓶中的花朵上工作起来了。

"呀,这鲜花生得真妙呵,象这等颜色真是少见呢!"前些天,一个年轻人走来,看了我的花竟这样稀罕起来,我觉得这个人真是幸福的了。对于一见了我的花便说"这是假的",而且还贪婪地将花朵触到鼻端,要试试有无花香的那另一女人,我却觉得她是可悯的了。

我感谢那个赠我以好花并花瓶的人,使我的案头添一些颜色。但我又不能不为了赠花人而觉得悲哀,花还在案头开着,而且将永久开着,赠花人却已经谢世了。

那还只是去年秋天的事情呢:赠花人远远从一个古城中归来,说道:"哪,还有什么可意的东西好赠呢,觉得这通草花倒还可爱——这是旧时代的好饰物,如今却是过时的了,造花人的生意也都渐渐衰落了。但因为知道你欢喜这个,便送了这个来,而且还配来这么一个瓷瓶儿。"把花束插在花瓶里,把花瓶放在书案上,又用了洁白的手指指点着花瓶告诉我道,

"你看啊，你可喜欢这瓶上的图画吗？我想你一定会喜欢，于是就买了这花瓶来，因为我当时想起一个诗人的诗句道：'世上的音乐是暂时的，画中的音乐是永久的，它永久与人以幸福。'"说罢，用清脆的声音笑了起来，并说起我原是喜欢那个短命诗人的。原来那白瓷瓶上画着两个绰约的少女，一个弄箫，一个歌舞，确是画得极好的图画呢，就仿佛从那画中人听出一支快乐的歌曲来了。

我接受了赠花人的礼物，我默默地致了我的谢意，我说："这些都很好，我简直闻到了这通草花的清芬，而且还听到那画中人的歌曲了呢，而且这些将是永久如此的呀。"

从此以后，我就不曾再见过那赠花人，而且也永不能再见了，但愿上帝能赐福那个美丽的灵魂。

那瓶中的花究竟是真的呢，还是假的呢？那画中人的歌曲可还继续演奏着吗，还是根本就不曾发过声音呢？到得现在，就连我自己也不能清楚地解答这些问题了。而且在永久的和暂时的两个世界之间，我也不知道应当把握哪一个了。

蜜蜂先生，你该是我家的一个远门亲戚吧？你的嗅觉可还存在吗？——我听得那初出房的蜜蜂的嗡嗡声，看它在通草花蕊上用力工作，觉得无可如何。

一九三六年春　济南

○ **阅读札记**

　　案头的那一瓶通草花，为作者的书桌增添了一些颜色，也为他带去了深深的思念。花儿依旧在绽放，而赠花之人已经逝去，这瓶花儿便成了故人留给作者的陪伴与温暖。

囚绿记

/ 陆蠡

这是去年夏间的事情。

我住在北平的一家公寓里。我占据着高广不过一丈的小房间，砖铺的潮湿的地面，纸糊的墙壁和天花板，两扇木格子嵌玻璃的窗，窗上有很灵巧的纸卷帘，这在南方是少见的。

窗是朝东的。北方的夏季天亮得快，早晨五点钟左右太阳便照进我的小屋，把可畏的光线射个满室，直到十一点半才退出，令人感到炎热。这公寓里还有几间空房子，我原有选择的自由的，但我终于选定了这朝东房间，我怀着喜悦而满足的心情占有它，那是有一个小小的理由。

这房间靠南的墙壁上，有一个小圆窗，直径一尺左右。窗是圆的，却嵌着一块六角形的玻璃，并且左下角被打碎了，留下一个大孔隙，手可以随意伸进伸出。圆窗外面长着常春藤。当太阳照过它繁密的枝叶，透到我房里来的时候，便有一片绿影。我便是欢喜这片绿影才选定这房间的。当公寓里的伙计替我提了随身小提箱，领我到这房间来的时候，我瞥见这绿影，感觉到一种喜悦，便毫不犹疑地决定下来，这样爽直使公寓里的伙计都惊奇了。

绿色是多宝贵的啊！它是生命，它是希望，它是安慰，它是快乐。我怀念着绿色把我的心等焦了。我欢喜看水白，我欢喜看草绿。我疲累于灰暗的都市的天空，和黄漠的平原，我怀念着绿色，如同涸辙的鱼盼等着雨水！我急不暇择的心情即使一枝之绿也视同至宝。当我在这小房中安顿下来，我移徙小台子到圆窗下，让我面朝墙壁和小窗。门虽是常开着，可没人来打扰我，因为在这古城中我孤独而陌生。但我并不感到孤独。我忘记了困倦的旅程和以往的许多不快的记忆。我望着这小圆洞，绿叶和我对语。我了解自然无声的语言，正如它了解我的语言一样。

我快活地坐在我的窗前。度过了一个月、两个月，我留恋于这片绿色。我开始了解渡越沙漠者望见绿洲的欢喜，我开始了解航海的冒险家望见海面飘来花草的茎叶的欢喜。人是在自然中生长的，绿是自然的颜色。

我天天望着窗口常春藤的生长。看它怎样伸开柔软的卷须，攀住一根缘引它的绳索，或一茎枯枝；看它怎样舒开折叠着的嫩叶，渐渐变青，渐渐变老，我细细观赏它纤细的脉络、嫩芽，我以揠苗助长的心情，巴不得它长得快，长得茂绿。下雨的时候，我爱它淅沥的声音，婆娑的摆舞。

忽然有一种自私的念头触动了我。我从破碎的窗口伸出手去，把两枝浆液丰富的柔条牵进我的屋子里来，教它伸长到我的书案上，让绿色和我更接近，更亲密。我拿绿色来装饰我这简陋的房间，装饰我过于抑郁的心情。我要借绿色来比喻葱茏的爱和幸福，我要借绿色来比喻猗郁的年华。我囚住这绿色如同幽囚一只小鸟，要它为我作无声的歌唱。

绿的枝条悬垂在我的案前了。它依旧伸长，依旧攀缘，依旧舒放，并且比在外边长得更快。我好像发现了一种"生的欢喜"，超过了任何一种喜悦。从前我有个时候，住在乡间的一所草屋里，地面是新铺的泥土，未除净的草根在我的床下茁出嫩绿的芽苗，蕈菌在地角上生长，我不忍加以剪除。后来一个友人一边说一边笑，替我拨去这些野草，我心里还引为可惜，倒怪他多事似的。

可是每天早晨，我起来观看这被幽囚的"绿友"时，它的尖端总朝着窗外的方向。甚至于一枚细叶，一茎卷须，都朝原来的方向。植物是多固执啊！它不了解我对它的爱抚，我对它的善意。我为这永远向着阳光生长的植物不快，因为它损害了我的自尊心。可是我囚系住它，仍旧让柔弱的枝叶垂在我的案前。

它渐渐失去了青苍的颜色，变成柔绿，变成嫩黄；枝条变成细瘦，变成娇弱，好像病了的孩子。我渐渐不能原谅我自己的过失，把天空底下的植物移锁到暗黑的室内；我渐渐为这病损的枝叶可怜，虽则我恼怒它的固执、无亲热，我仍旧不放走它。魔念在我心中生长了。

我原是打算七月尾就回南去的。我计算着我的归期，计算这"绿囚"出牢的日子。在我离开的时候，便是它恢复自由的时候。

卢沟桥事件发生了。担心我的朋友电催我赶速南归。我不得不变更我的计划；在七月中旬，不能再流连于烽烟四逼中的旧都，火车已经断了数天，我每日须得留心开车的消息。终于在一天早晨候到了。临行时我珍重地开释了这永不屈服于黑暗的囚人。我把瘦黄的枝叶放在原来的位置上，向它致诚意的祝福，愿它繁茂苍绿。

离开北平一年了。我怀念着我的圆窗和绿友。有一天，得重和它们见面的时候，会和我面生吗？

○ 阅读札记

在这阴暗潮湿的房间中，那一抹绿色让作者视若珍宝，承载了他所有的快乐与留恋。于是作者自私地想将一根绿藤囚于室中,让它装饰他的心情。然而失去了阳光的"绿友"终究无法生存,渐渐变得枯黄,作者只能在临行前将其释放,让它重新回到光明的怀抱中。

樱花

/ 倪贻德

有人说，樱花比桃花更美，因为桃花太艳丽了，而樱花却是雅素轻盈，像一个淡妆薄施的美人，这个批评是很对的。但是我想，若是说桃花自有她艳丽的美，而樱花也自有她雅素的美，各有她们自己的特点，那是更比较的妥当些吧。

在中国是以产桃花著名，樱花是不可多见，所以在历来的诗词歌曲，关于樱花的咏叹也是很少的。在上海，因为有世界各色人种的杂处，所以东西的奇葩异卉，都时常可以看到，那蓬莱仙岛的木屐儿，也把他们最珍贵的樱花移植过来，当春光明媚，春气荡漾的时节，那娇媚的樱花，自常从人家花园的围墙里，探出她粉白脸来向路人微笑。

樱花是代表日本的国花，和富士山一样的著名于全世界。真的，这真是他们东瀛三岛惟一的象征呢，这在他们的妇女装饰上，在文学艺术上，在一切工艺品的图案上，都在显著地表现着。花开的时节，彼都男女，如醉如狂，歌舞欢笑于其下，尽情游乐，入夜忘返。我每听到从日本回国的朋友这样说，心里总是说不出地羡慕，时常起浮海济瀛的遐想。

这次我去国东游，当未动身之前，第一个使我鼓舞欢欣的，就是今后得能享受樱花时节陶醉的情调了。可惜我来的时候，正在凉秋九月，芳草木叶，正在一天一天的凋零下去，秋雨秋风，尽在无情地吹打着，只使人引起深切的乡愁。接着便是严冷的寒冬，天宇沉沉，天空暗淡，雨雪载道，泞泥难行，狂暴的寒风，不时的从太平洋的北岸吹来，尤是使人畏惧失色。而我所住的又在东京的市内，每天所看见的，只是具有立体美的都市建筑，有刹那美的电车汽车的飞跑，所谓山林田野的风味，所谓幽雅静穆的东方古代的风味，我还没有领略过。

  岛国的初春，依旧吹着严厉的北风，天气依旧是刺骨的寒冷，直到三月过后，和暖的日光照来，自然万物，才渐渐像由冬眠中苏醒了过来，不知不觉中，枯枝长出嫩绿的幼芽了，泥土中生出青青的碧草，从人们的言语中，时常可以听到："樱花就要开了！樱花就要开了！"我也抱着十二分的热望，期待着动人的 Sakura 的开放。

  樱花开了，万人欢待的樱花次第地开了。日本的樱花，不像中国桃花、梅花等只种植风景名胜和达官富人的庭园中的，她是随处都繁生着的，在神社的门前，在冷僻的街道旁，都有她的芳踪丽影，淡红而带有微绿的花朵，迎着春风，在向着路人轻颦浅笑。

  东京一隅，樱花产生最多的，以上野和飞岛山最为著名，那儿植着万千的樱木，花开的时候，远望过去，就像一片淡红色的花之海，所谓男女混杂醉歌的地方，大抵是在这两处，而在我们异邦的远客要一赏樱花的趣味的，也要到那地方才可以满足你的欲望。

  真的，当花开的时候，在彼邦的社会中，的确呈现出一种异样的空气来，这不仅在拥挤的电车上，在男子醉红的脸上，在女子轻佻的动作上可以看得出来，就是在每日的新闻纸上，到这时候，也把国家大事暂时弃置一旁，连篇累牍，都是记载着花事芳讯，使用着夸大的字句，在不遗余力地赞美着，轰传着。使我一个作客他乡的游子，也不禁鼓舞雀跃起来了。

一天的午后，气候是不冷不热，天空是乳浊色的一片微风吹来，带着一点南方的暖味，这正是春光烂漫的好天气。我到了友人W君的家里和他说：

"现在正是樱花盛开的时候了，我们不可失了这机会。"

W君是一个老东京，很熟于日本的风俗人情，而对于供人游览的名胜古迹尤能通晓，所以他听了我的话就不加思索地说：

"要看樱花，那么最好到飞岛山去。"

于是我们便乘了市内电车，直向飞岛山进发，沿途看见老幼男女，连袂往游，那一种狂热的盛况，超出于我的想象之外。

日本人的赏玩樱花，和中国的看桃花不同，中国人的看桃花是属于少数几个有闲阶级的，他们或驱着汽车到桃林附近作一回走马看花，或是约着情侣，到花坞深处作密约幽谈，所谓农工大众，却很少有鼓兴往游，所以那桃林的周围始终是寂寞的。但在日本却不然了，这儿的游人，大抵是粗野素朴，平时在劳苦操作中的农工，和一般平凡而庸俗的小市民，这儿寻不出一个风雅优秀的富人绅士，这儿寻不出一个温文细腻的淑女闺秀，他们大概在自己的精巧的庭院中赏玩够了吧。

那里找不到幽趣的诗情，而却看出了他们民族艺术的表现。

飞岛山并不是一座奇胜的高山，不过是比较高大的土丘而已，走上十数级的斜坡，便已登临其上，上面便满植着繁密的樱林，那时樱花还没有盛开，但是赏花的游人却已满集在山上了，他们大抵在花下席地而坐，三五个人一个团体，男女互相依傍着，调笑着，有的在举着巨杯痛饮，有的在高唱着不知名的和歌，他们好像完全忘记了头上的樱花，不过是借此佳节谋一次痛快的欢醉，以安慰一年来劳苦的工作的样子。

在这里是看出了人类的互相友善了，不论是相识或不相识者，只要对谈着几句，便可以拉着一同痛饮狂歌，还有许多行脚的歌人，带着尺八（即洞箫），随处吹弄着伤感的古歌，随处便可以分着清酒一杯，麦饼数斤。

在这里消除了一切阶级的界限了，他们大抵是第四阶级的工农，在平时正是处在重重的压迫之下，不能抬起头来，然而当他们在樱花树下醉态朦胧的时候，可以任意的狂啸高呼，任意的痛骂一切，以发泄他们胸中所有的不平，我更看见有几个机械工人，半醉中握着酒瓶，在作打倒甚么的表情。

在这里我看到日本的舞踊了。本来艺术的起源便是舞踊，大概在感情喜悦的时候，就有手舞足蹈的表现，所以不论甚么野蛮的民族，都有他们特别的舞踊。日本的舞踊，也没有脱了原始艺术的痕迹，他们是穿着五色斑烂的衣服，头上扎一块花布，随着击拍的声音，在做着简单的动作，趣味虽然幼稚而低级的，但很可以看出他们民族性的表现。

在这里我更听到日本的民谣俗曲了。这种民谣的词句，我虽不能明瞭，但声调中却可以听出一种感伤的情绪，有一种怀古的幽怨含蓄着，最近日本的声乐家藤原义江作就了许多日本风的谣曲，在欧洲各国歌唱，博得西方人狂热的欢迎。而在樱花树下听到这种声音，却更有一种阳春哀怨的情调。

此外更有许多江湖的卖艺者，杂食的贩卖者，张着红白的帐篷，敲着击响的锣鼓，点缀在花丛人群里，更显出佳景美节的狂热的气氛来。

我在这周围徘徊着，观看着，一时被那种盛况所鼓舞，也想参加进去和他们醉歌狂舞，但我始终是一个异国的流浪人，毕竟只好做一个局外的旁观者。

我于是想起了故国的桃花时节，那最有名的上海附近龙华的桃林，当花开的时候，我是每次都要乘兴往游的，那儿曾有我少年时代浪漫的踪迹，那儿曾洒过我少年时代的眼泪，如今回想起来，只觉得痴愚的可笑，从今以后我怕再不会如当年的沉醉在幽怨的诗情中了。

我又想起了故国也有可以赞颂的民族艺术，就像乡间的迎神赛会，五月间的端阳竞渡，在那种时候，也有所谓我们的民族艺术在充分地表现着。这种藉着佳节而谋大众共同的欢娱，在民族中是不可以少的，是应当光大而发扬之的。可惜我们的民众，近年以来，因为外受列强帝国主义的压迫，内受军阀武人的蹂躏，以致民不聊生，民生饥竭，更那里顾得到生活余暇后的艺术的享乐呢？

樱花的期间，前后约有两星期的长久，这其中分着初放，满放，花落的三个时代，更有所谓夜樱，是在月明之下观赏的。总之，在这十多天内，他们是夜以继日，歌舞不倦地游乐着的，他们的狂态，他们的豪兴，更非我的纸笔所能形容。

春光老了，春色残了，游人也兴尽而返，只剩纸屑残皮，和片片的落花散满了一地。

○ 阅读札记

樱花与桃花，一个雅素，一个艳丽，各有各的美。而它们代表的两国文化亦有着非常大的区别，中国的赏花之人多为少数的有闲阶级，日本的赏花更像一个节日的庆典。而当时的中国人民正生活在水深火热中，无暇享受艺术的乐趣，又让作者心生惆怅。

清华园之菊

/ 孙福熙

归途中,我屡屡计画回来后画中国的花鸟,我的热度是很高的。不料回到中国,事事不合心意,虽然我相信这是我偷懒之故,但总觉得在中国的花鸟与在中国的人一样的不易亲近,是个大原因。现在竟得与这许多的菊花亲近而且画来的也有六十二种,我意外的恢复对我自己的希望。

承佩弦兄之邀,我第一次游清华学校。在与澳青君一公君三人殷勤的招待中,我得到很好的印象,我在回国途中渴望的中国式的风景中的中国式人情,到此最浓厚的体味了;而且他们兼有法国富有的活泼与喜悦,这也是我回国后第一次遇见的。

在这环境中我想念法国的友人,因为他们是活泼而喜悦的,尤其因为他们是如此爱慕中国的风景人情的。在信中我报告他们的第一句就说我在看菊花;实在,大半为了将来可以给他们看的缘故,我尽量的画了下来。

从这个机会以后,我与菊花结了极好的感情,于是凡提到清华就想起菊花,而遇到菊花又必想见清华了。

在我们和乐的谈话中,电灯光底下,科学馆、公事厅与古月堂等处,满是各种秀丽的菊花,为我新得的清华的印象作美。然而我在清华所见的菊花，大都并不在此而在西园。

广大的西园中，大小的柳树，带了一半未落的黄叶，杂立其间，我们在这曲折的路径中且走且等待未曾想象过的美景。走到水田的旁边，芦苇已转为黄色，小雀们在这里飞起而又在稍远处投下。就在这旁边，有一道篱笆，我们推开柴门进去。花畦很整齐的排列着，其中有一条是北面较高中间洼下的，上面半遮芦帘。许多菊花从这帘中探头向外，呵，我的心花怒放了！

然而引导者并不停足，径向前面的一所茅屋进行。屋向南，三面有土墙，就是挖窝中的泥所筑的，正可利用。留南面，日光可以射入。当我一步一步的从土阶下去时，骤然间满室高低有序的花朵印上我的心头，我惊惧似的喘息，比初对大众演说时更是害羞，听演说的人的心理究竟还容易推测，因为他们只是与我仿佛的人；而众菊花则不然，只要看他们能竭尽心力的表现出各个的特长，可见他们不如大多数人的浅薄的，我疑惧他们不知如何的在窃笑我的丑陋呢。可是，我静下心来体察，满室的庄严与和蔼，他们个个在接纳我。在温和而清丽的气流中，众香轻扑过来，更不必说叶片的向我招展与花头的向我顾盼了。于是我证明在归航中所渴望的画中国花鸟不只是梦想了。

等我上城来带了画具第二次到清华时，再见菊花，知道已变了些样子，半放者已较放大，有几朵的花瓣已稍下垂了。我着急，知道我的生命的迫促，而且珍惜我与花的因缘之难得，于是恨不得两手并画、恨不得两眼分看的忙乱开工了。

可是，……我对于我所爱慕的花将怎样的下笔呢？我深深的体味：此后，这样富有的花将永远保藏在我的纸上，虽然不敢说他将为我所主有；然而我将怎样能使他保留在我的纸上呢？我九分九的相信我不能画像他。

试想一想，在一百笔二三百笔始能完成的一幅画中何难有一笔两笔的败笔呢。所以，在这短促不及踌躇中我该留神使这一二百笔丝毫没有污点。……于是，虽然很急，却因为爱他而不敢轻试，我尽管拿了笔擎在纸上不敢放下去。

我虽然刻刻竭力勉励从阔大处落墨，然而爱好细微的性质总像不可改易的了。在这千变万化奇上有奇的二百余种的当中，我第一张画的是"春水绿波"。洁白的花朵浮在翠绿的叶上，这已够妩媚的了，还有细管的花瓣抱焦黄的花心而射向四周，管的下端放开，其轻柔起伏有如水波的荡漾。我不怕亵渎他而在他面前来说尘埃：无论怎样巨细的秽物沾在他的上面，决不能害他的洁白，因为他有他的本性，不必矜夸而人自然的仰慕他，所以也决不以外物之污浊而害真。我竭尽心目的对他体味。自信当已能领会他的外表不九分也八分了。可是我失败了，明白的看得出，在我纸上的远不及盆中的，——虽然我曾很担忧，因为我的纸上将保藏这样灿烂的花，非我所宜有。然而现在并不因失败而觉得担负的轻松。

镇静了我的抱歉、羞愧与失望的心思，我想，侥幸的花张起眼帘在看我作画，也决不因我不能传出他的神而恼怒的罢，我当如别的浊物之不能损害他是一样的。看了他的宽大与静默，我敢妄想，或者他在启示我，羞愧是不必的，失望尤其是不该，他这样装束、这样表现的向人，想必不是毫无用意的。于是我学了他静默的心，自然的有了勇气，继续画下去了。

这许多菊种于我都是新奇而十分可以爱慕的，在急忙而且贪多的手下将先画那几种呢？每一种花有纸条标出花名。"夕阳楼"高丈余，宽阔的瓣，内红而外如晚霞；"快雪时晴"直径有一尺，是这样庞大的一个雪球，闪着银光；"碧窗纱"细软而嫩绿，丝丝如垂帘；"银红龙须"从遒劲的细条中染出红芽的柔嫩……满眼各种性质不同的美丽，这与对一切事物一样，我不能品定谁第一，谁其次，我想指定先画谁也是做不到。于是我完全打消优劣的观念，在眼光如灯塔的旋转的时候，我一种一种的画。

高大的枝条上，绛红的一周，围在一轮黄色的花心外，这是很确切的名为"晓霞捧日"的。他的红色非我所能用我可怜的画盘中的颜色配合而模拟的。他最不愿有人世所有的形与色，却很喜欢有人追过他。少年人学了他的性质，做成愈难愈好的谜语要人去猜，人家猜中了，他便极其高兴。

我要感谢侍奉这种菊花的杨鲁二君，并且很想去领教他们的经验，特请一公兄为我请求。

四点钟以后，太阳渐渐的从花房斜过，只留得一角了，在微微的晚寒中我忙乱的画着。缓得几乎听不出的步声近我而来，到了我近旁时我才仰起头来看他，这就是种这菊花的杨寿卿先生。

眉目不轩不轾，很平静的表出他的细致与和蔼，从不轻易露出牙齿的口唇上立刻知道他是沉默而忍耐的，而额角以下口鼻之间的丝丝脉理是十分灵敏，自然的流露他的智慧，杨先生或指点或抚弄他亲爱的菊花，对我讲他培养的经验。

他种菊已五年了，然而他的担任清华学校职务是从筹备开办时起的。他说："每天做事很单调也很辛苦，所以种种菊花。"辛苦而再用心用力来种菊就可不辛苦，这有点道理了。

我竭力设想他所感觉到的菊花，然而这是怎么能够呢。他是从菊花的很小的萌芽看起的，而且他知道他们的爱恶，用了什么肥料他们便长大，受了多少雨水与日光他们便喜悦，他还知道今年的花与往年的比较。我是外行人，就是辨别花的形色也是不确实的；而他们要在没有花时识别花的种类，所以他只要见到叶的一角就认识这是那一种了，这与对家人好友听步声就知道是谁，看物品移动的方位就知道谁来过了是一样的。

每天到四点钟杨先生按时到来了。他提了水壶灌在干渴的花盆中，同时我也得到他灌输给我的新知识。

我以前只知道菊花是插枝的，倘若接枝他便开得更好，有的接在向日葵上，开来的菊花就如向日葵的大了。现在知道菊是可以采用种子的。插枝永远与母枝不变；而欲得新奇的花种非用子种不可。

这里就有奇怪的事了，取种子十粒下种，长起来便是不同的十种。可是这等新种并不株株是好的，今年四百新种当中只采了二十余种。不足取的是怎样的呢？这大概是每一朵中花瓣大小杂乱，不适合于美的条件统一匀称，所谓不成品是也。不成品的原因大概在于花粉太杂之故，所以收种应用人工配合法。

"紫虬龙"那样美丽的花就是配合而成的。细青直管的"喜地泥封"与拳曲的"紫气东来"相配合，就变了长管而又拳曲，如军乐用号的管子，这样有特性的了。他的父母都是紫色的，他也是紫色。倘若父母是异色的，则新种常像两者之一或介于两者之间，但决不出两者之外。因为他们在无穷的变化中也有若干的规律，所以配种当有制限了。大概花瓣粗细不同的两种配合总是杂乱的，所以配合以粗细相仿者为宜。

花房中，两株一组，有如跳舞的，有许多摆着，杨先生每次来时，拿了纸片，以他好生之德在各组的花间传送花粉。据说种子的结成是很迟的，有的要到第二年一月可收。我推想这类种子当年必不能开花的了，讵知大不然，下种在四月，当初确实很细弱，但到六月以后，他们就加工赶长，竟能长到一丈多高与插枝一样。

凡新种的花一定是很大的，不像老种如"天女散花"与"金连环"等等永远培植不大也不高者。可是第一年的花瓣总是很单的，以后一年一年的多起来；而在初年，花的形状也易变更，第一年是很整齐的，或者次年是很坏了，几年之后始渐渐的固定。

我很爱"大富贵"，他正在与"素带"配合。牡丹是被称为富贵花的，然而这名字不能表示他所有性状的大部。我要改称这种菊花为"牡丹"，因为他有牡丹所有一切的美德。他的身材一直高到茅屋的顶篷再俯下头来。花的直径大过一尺；展开一瓣，可以做一群小鸟的窠，可以做一对彩蝶的衾褥。我也仰着头瞻望他，希望或者我将因他而有这样丰满、这样灿烂的一个心。我明白，他不过是芥子的一小粒花蕾长大起来的，除少数有经验的以外，谁想到他是要成尺余大的花朵的。到现在，蜜蜂闹营营的阵阵飞来道贺，他虽静默着，也乐受蜂们的厚意。杨先生每晚拂刷"牡丹"的花粉送给"素带"；他身上是北京人常穿的蓝布大褂，然而他立在锦绣丛中可无愧色，他的服装因他的种菊而愈有荣誉了。我可预料而且急切的等待明年新颖种子的产出，我敢与杨、鲁二先生约："你们每年培植出新鲜颜色的菊种，而我也愿竭力研究我可怜的画盘中的颜色，希望能够追随。"这样两种美丽的花，在我们以为无可再美的了，不知明年还要产出许多的更美的新种，我真的神往了。对大众尽力表现这等奥妙是我们"做艺"的人的天职；在不可能的时候，我们只有尽心超脱自己，虽然我是不以此为满足的。

一人在远隔人群的花房中，听晚来归去的水鸟单独的在长空中飞鸣，枯去的芦叶惊风而哀怨，花房的茅蓬也丝丝飘动，我自问是否比孤鸟衰草较有些希望。满眼的菊花是我的师范，而且做了陪伴我的好友。他们偏不与众草同尽，挺身抗寒，且留给人间永不磨灭的壮丽的印象。我手下正在画"趵突喷玉"，他用无穷的力，缕缕如花筒的放射出来。他是纯白的，然而是灿烂的；他是倔强的，然而是建立在柔弱的身体上的。我心领这种教训了。

与杨先生合种菊花的鲁壁光先生正与杨先生同任舍务部职务的；每天正午是公余时间，轮到他来看护菊花。有一次，他引导几位客人来看菊，同时看我纸上的菊花，他看完每页时必移开得很缓，使不露出底下一张上我注有的花名。很高兴的，他与客人看了画猜出花的名字来。他说："画到这样猜得出，可不容易了。"

当时我非但不觉得他的话对我过誉，我要想，难道画了会不像的？所以我还可以生气的。我自己所觉得可以骄傲的，我相信，在中国不会有人为他们画过这许多种，我对他们感激，而他们也当认我为难逢罢。

临行的前夜，我到俱乐部去向杨先生道别，他在看人下棋。这一次的谈话又给我许多很大的见识。其中有一段，他说："北京曾有一人，画过一本菊谱。"我全神贯注的听他了。他继续说："他们父女合画，那是画得精细，连叶脉都画得极真的。因为每一种的叶都不同，叶子比花还重要，花不是年年一样的，在一年内必定画不好。所以要画一定要自己种花，知道今年这花开好了，可以画了。那两位父女自己种花，而且画了五年才成的。"我以为我的画菊是空前的。然而这时候我无暇忏悔我以前的自满了。……

杨先生幼年时就种花，因为他的父亲是爱花的，而且他家已三代种菊了。

为什么自己以为是高尚以为是万能的人总是长着一样可憎的口鼻心思，用了这肉体与精神所结构的出品无非像泥模里铸出来的铁锅的冥顽而且脱不出旧样？菊花们却能在同样的一小粒花蕾中放出这样新奇这样变化富有一切的花朵，非无能的人所曾想像得到甚且看了也不会模仿的。有一种的花瓣细得如玉蜀黍的须了，一大束散着，人没有方法形容他的美，只给他"棕榈拂尘"的一个没有生气的名字；有一种是玉白色的，返光闪闪，他的瓣宽得像莲花的叶子，所以名为"银莲"，其实还只借用了别种自然物的名称，人不能给他一个更好的名字。还有可奇的，他们为了要不与他种苟同，奇怪得使我欲笑，有一种标明"黄鹅添毛"者，松花小鹅的颜色，每瓣钩曲如受惊的鹅头，挨挤在一群中。最妙的他怕学得不像，特在瓣上长了毛，表示真的受惊而毛悚了。……

有许多名称是很有趣的，这胜过西洋的花名，然而也有不对的。况且种菊者各自定名，不适用于与人谈讲，最好能如各种科学名词的选择较好者应用，然而这还待先有一种精细而且丰富的菊谱出现。

○阅读札记

作者因画花而爱花，在画花的过程中对菊花进行了深入的观察与了解。这段经历，不仅让他成为研究菊花的半个专家，也让他对治学的认真、严谨有了更深的感悟。唯有真心热爱，深入钻研，方可画出更好的花。

快阁的紫藤花

/ 徐蔚南

细雨蒙蒙，百无聊赖之时，偶然从《花间集》里翻出了一朵小小枯槁的紫藤花，花色早褪了，花香早散了。啊，紫藤花！你真令人怜爱呢。岂仅怜爱你，我还怀念着你的姊妹们——一架白色的紫藤，一架青莲色的紫藤——在那个园中静悄悄地消受了一宵冷雨，不知今朝还能安然无恙否？

啊，紫藤花！你常住在这诗集里吧；你是我前周畅游快阁的一个纪念。

快阁是陆放翁饮酒赋诗的故居，离城西南三里，正是鉴湖绝胜之处；去岁初秋，我曾经去过了，寒中又重游一次，前周复去是第三次了。但前两次都没有给我多大印象，这次去后，情景不同了，快阁底景物时时在眼前显现——尤其使人难忘的，便是那园中的两架紫藤。

快阁临湖而建，推窗外望：远处是一带青山，近处是隔湖的田亩。田亩间分出红黄绿三色：红的是紫云英，绿的是豌豆叶，黄的是油菜花。一片一片互相间着，美丽得远胜人间锦绣。东向，丛林中，隐约间露出一个塔尖，尤有诗意。桨声渔歌又不时从湖面飞来。这样的景色，晴天固然好，雨天也必神妙，诗人居此，安得不颓放呢？放翁自己说：

"桥如虹，水如空，一叶飘然烟雨中，天教称放翁。"是的，确然天叫他称放翁的。

阁旁有花园二，一在前，一在后。前面的一个又以墙壁分成为二，前半叠假山，后半凿小池。池中植荷花；如在夏日，红莲白莲盖满一池，自当另有一番风味。池前有春花秋月楼，楼下有匾额曰"飞跃处"，此是指池鱼言。其实，池中只有很小很小的小鱼，要它跃也跃不起来，如何会飞跃呢？

园中的映山红和踯躅都很鲜妍，但远不及山中野生的自然。

自池旁折向北，便是那后花园了。

我们一踏进后花园，便一架紫藤呈在我们眼前。这架紫藤正在开花最盛的时候，一球一球重叠盖在架上了，俯垂在架旁的尽是花朵。花心是黄的，花瓣是洁白的，而且看上去似乎很肥厚的。更有无数的野蜂在花朵上下左右嗡嗡地叫着——乱哄哄地飞着。它们是在采蜜吗？它们是在舞蹈吗？它们是在和花朵游戏吗？……

我在架下仰望这一堆花、一群蜂，我便想象这无数的白花朵是一群天真无垢的女孩子，伊们赤裸裸地在一块儿拥着，抱着，偎着，卧着，吻着，戏着；那无数的野蜂便是一大群底男孩，他们正在唱歌给伊们听，正在奏乐给伊们听。渠们是结恋了。渠们是在痛快地享乐那阳春。渠们是在创造只有青春，只有恋爱的乐土。

这种想象绝不是仅我一人所有，无论谁看了这无数的花和蜂都将生出一种神秘的想象来。同我一块儿去的方君看见了也拍手叫起来，他向那低垂的一球花朵热烈地亲了个嘴，说道："鲜美呀！呀，鲜美！"他又说："我很想把花朵摘下两枝来挂在耳上呢。"

离开这架白紫藤十几步，有一围短短的冬青。绕过冬青，穿过一畦豌豆，又是一架紫藤。不过这一架是青莲色的，和那白色的相比，各有美处。但是就我个人说，却更爱这青莲色的，因为淡薄的青莲色呈在我眼前，便能使我感到一种平和，一种柔婉，并且使我有如饮了美酒，有如进了梦境。

很奇异，在这架花上，野蜂竟一只也没有。落下来的花瓣在地上已有薄薄的一层。原来这架花朵底青春已逝了，无怪野蜂散尽了。

我们在架下的石凳上坐了下来，观看那正在一朵一朵飘下的花儿。花也知道求人爱怜似的，轻轻地落了一朵在我膝上，我俯下看时，颈项里感到飕飕地一冷，原来又是一朵。它接连着落下来，落在我们底眉上，落在我们底脚上，落在我们底肩上。我们在这又轻又软又香的花雨里几乎睡去了。

猝然"骨碌碌"一声怪响，我们如梦初醒，四目相向，颇形惊诧。即刻又是"骨碌碌"地响了。

方君说："这是啄木鸟。"

临去时，我总舍不得这架青莲色的紫藤，便在地上拾了一朵夹在《花间集》里。夜深人静的时候，我每取出这朵花来默视一会儿。

○ 阅读札记

《花间集》中的那一朵紫藤，承载了作者一段美好的回忆。那一次快阁之行，为院中的那一架紫藤花所惊艳，为轻软的花瓣雨所陶醉。时过境迁，那一架美丽的紫藤还时常出现在作者的回忆里，成为他夜深人静时的安慰。

山川与自然

当人们为了生活奔波忙碌时，世间很多美好的事物都与我们擦肩而过了。不妨偶尔停下脚步，走进山水之间，远离尘世喧嚣，看青峰叠嶂，听清泉叮咚，领略山川之灵秀、自然之神奇，偷得浮生半日闲。

趵突泉的欣赏

/ 老舍

千佛山、大明湖和趵突泉，是济南的三大名胜。现在单讲趵突泉。

在西门外的桥上，便看见一溪活水，清浅，鲜洁，由南向北的流着。这就是由趵突泉流出来的。设若没有这泉，济南定会丢失了一半的美。但是泉的所在地并不是我们理想中的一个美景。这又是个中国人的征服自然的办法，那就是说，凡是自然的恩赐交到中国人手里就会把它弄得丑陋不堪。这块地方已经成了个市场。南门外是一片喊声，几阵臭气，从卖大碗面条与肉包子的棚子里出来。进了门有个小院，差不多是四方的。这里，"一毛钱四块！"和"两毛钱一双！"的喊声，与外面的"吃来"联成一片。一座假山，奇丑；穿过山洞，接联不断的棚子与地摊，东洋布，东洋磁，东洋玩具，东洋……加劲的表示着中国人怎样热烈的"不"抵制劣货。这里很不易走过去，乡下人一群跟着一群的来，把路塞住。他们没有例外的全买一件东西还三次价，走开又回来摸索四五次。小脚妇女更了不得，你往左躲，她往左扭；你往右躲，她往右扭，反正不许你痛快的过去。

到了池边，北岸上一座神殿，南西东三面全是唱鼓书的茶棚，唱的多半是梨花大鼓，一声"哟"要拉长几分钟，猛听颇像产科医院的病室。除了茶棚还是日货摊子，说点别的吧！

　　泉太好了。泉池差不多见方，三个泉口偏西，北边便是条小溪流向西门去。看那三个大泉，一年四季，昼夜不停，老那么翻滚。你立定呆呆的看三分钟，你便觉出自然的伟大，使你不敢再正眼去看。永远那么纯洁，永远那么活泼，永远那么鲜明，冒，冒，冒，永不疲乏，永不退缩，只是自然有这样的力量！冬天更好，泉上起了一片热气，白而轻软，在深绿的长的水藻上飘荡着，使你不由的想起一种似乎神秘的境界。

　　池边还有小泉呢：有的像大鱼吐水，极轻快的上来一串小泡；有的像一串明珠，走到中途又歪下去，真像一串珍珠在水里斜放着；有的半天才上来一个泡，大，扁一点，慢慢的，有姿态的，摇动上来；碎了；看，又来了一个！有的好几串小碎珠一齐挤上来，像一朵攒整齐的珠花，雪白。有的……这比那大泉还更有味。

　　新近为增加河水的水量，又下了六根铁管，做成六个泉眼，水流得也很旺，但是我还是爱那原来的三个。

　　看完了泉，再往北走，经过一些货摊，便出了北门。

　　前年冬天一把大火把泉池南边的棚子都烧了。有机会改造了！造成一个公园，各处安着喷水管！东边作个游泳池！有许多人这样的盼望。可是，席棚又搭好了，渐次改成了木板棚；乡下人只知道趵突泉，把摊子移到"商场"去（就离趵突泉几步）买卖就受损失了；于是"商场"四大皆空，还叫趵突泉作日货销售场；也许有道理。

○ 阅读札记

　　趵突泉作为济南的三大名胜之一，老舍说："设若没有这泉，济南定会丢失了一半的美。"那一溪活水，清浅、鲜洁；三大泉昼夜不停地冒着，纯洁、鲜明又活泼；小泉亦各有各的美，惹人喜爱。可惜的是，这自然的恩赐却没有一个幽静清雅的环境与之相配，市场中的众多日货更是让作者耿耿于怀。

超山的梅花

/ 郁达夫

凡到杭州来游的人，因为交通的便利，和时间的经济的关系，总只在西湖一带，登山望水，漫游两三日，便买些土产，如竹篮纸伞之类，匆匆回去；以为雅兴已尽，尘土已经涤去，杭州的山水佳处，都曾享受过了。所以古往今来，一般人只知道三竺六桥，九溪十八涧，或西湖十景，苏小岳王；而离杭城三五十里稍东偏北的一带山水，现在简直是很少有人去玩，并且也不大有人提起的样子。

在古代可不同；至少至少，在清朝的乾嘉道光，去今百余年前，杭州人的好游的，总没有一个不留恋西溪，也没有一个不披蓑戴笠去看半山（即皋亭山）的桃花，超山的香雪的。原因是因为那时候杭州和外埠的交通，所取的路径都是水道；从嘉兴上海等处来往杭州，运河是必经之路。舟入塘栖，两岸就看得到山影；到这里，自杭州去他处的人，渐有离乡去国之感，自外埠到杭州来的人，方看得到山明水秀的一个外廓；因而塘栖镇，和超山、独山等处，便成了一般旅游之人对杭州的记忆的中心。

超山是在塘栖镇南，旧日仁和县（现在并入杭县了）东北六十里的永和乡的，据说高有五十余丈，周二十里（咸淳《临安志》作三十七丈），因其山超然出于皋亭、黄鹤之外，故名。

从前去游超山，是要从湖墅或拱宸桥下船，向东向北向西向南，曲折回环，冲破菱荇水藻而去的；现在汽车路已经开通，自清泰门向东直驶，至乔司站落北更向西，抄过临平镇，由临平山西北，再驰十余里，就可以到了；"小红唱曲我吹箫"的船行雅处，现在虽则要被汽车的机器油破坏得丝缕无余，但坐船和坐汽车的时间的比例，却有五与一的大差。

汽车走过的临平镇，是以释道潜的一首"风蒲猎猎弄轻柔，欲立蜻蜓不自由，五月临平山下路，藕花无数满汀洲"的绝句出名；而超山北面的塘栖镇，又以南宋的隐士，明末清初的田园别墅出名；介与塘栖与超山之间的丁山湖，更以水光山色，鱼虾果木出名；也无怪乎从前的文人骚客，都要向杭州的东面跑，而超山皋亭山的名字每散见于诸名士的歌咏里了。

超山脚下，塘栖附近的居民，因为住近水乡，阡陌不广之故，所靠以谋生的完全是果木的栽培。自春历夏，以及秋冬，梅子、樱桃、枇杷、杏子、甘蔗之类的出产，一年总有百万元内外。所以超山一带的梅林，成千成万；由我们过路的外乡人看来，只以为是乡民趣味的高尚，个个都在学林和靖的终身不娶，殊不知实际上他们却是正在靠此而养活妻孥的哩？

超山的梅花，向来是开在立春前后的；梅干极粗极大，枝叉离披四散，五步一丛，十步一坂，每个梅林，总有千株内外，一株的花朵，又有万颗左右；故而开的时候，香气远传到十里之外的临平山麓，登高而远望下来，自然自成一个雪海；近年来虽说梅株减少了一点，但我想比到罗浮的仙境，总也只有过之，不会不及。

从杭州到超山去的汽车路上，过临平山后，两旁已经有一处一处的梅林在迎送了，而汇聚得最多，游人所必到的看梅胜地，大抵总在汽车站西南，超山东北麓，报慈寺大明堂（亦称大明寺）前头，梅花丛里有一个周梦坡筑的宋梅亭在那里的周围五六里地的一圈地方。

报慈寺里的大殿（大约就是大明堂了吧？）前几年被寺的仇人毁坏了，当时还烧死了一位当家和尚在殿东一块石碑之下。但殿后的一块刻有吴道子画的大士像的石碑，还好好地镶在壁里，丝毫也没有动。去年我去的时候，寺僧刚在募化重修大殿；殿外面的东头，并且已经盖好了三间厢房在作客室。后面高一段的三间后殿，火烧时也不曾烧去，和尚手指着立在殿后壁里的那一块石刻大士像碑说，"这都是这位大慈大悲救苦救难广大灵感观世音菩萨的福佑！"

在何春渚删成的《塘栖志略》里，说大明寺前有一口井，井水甘冽！旁树石碣，刻有"一人堂堂，二曜重光，泉深尺一，点去冰旁；二人相连，不欠一边，三梁四柱烈火然，添却双钩两日全"之碑铭，不识何意等语。但我去大明堂（寺）的时候，却既不见井，也不见碑；而这条碑铭，我从前是曾在一部笔记叫作《桂苑丛谈》的书里看到过一次的。这书记载着："令狐相公出镇淮海日，支使班蒙，与从事诸人，俱游大明寺之西廊，忽睹前壁，题有此铭，诸宾皆莫能辨，独班支使曰：'得非大明寺水，天下无比八字乎？'众皆恍然。"从此看来，《塘栖志略》里所说的大明寺井碑，应是抄来的文章，而编者所谓不识何意者，还是他在故弄玄虚。当然，寺在山麓，地又近水，寺前寺后，井是当然有一口的；井里的泉，也当然是清冽的；不过此碑此铭，却总有点儿可疑。

大明寺前的所谓宋梅，是一棵曲屈苍老，根脚边只剩了两条树皮围拱，中间空心，上面枝干四叉的梅树。因为怕有人折，树外面全部是用一铁丝网罩住的。树当然是一株老树，起码也要比我的年纪大一两倍，但究竟是不是宋梅，我却不敢断定。去年秋天，曾在天台山国清寺的伽蓝殿前，看见过一株所谓隋梅；前年冬天，也曾在临平山下安隐寺里看见过一枝所谓唐梅。但所谓隋，所谓唐，所谓宋等等，我想也不过"所谓"而已，究竟如何，还得去问问植物考古的专家才行。

出大明堂，从梅花林里穿过，西面从吴昌硕的坟旁一条石砌路上攀登上去，是上超山顶去的大路了。一路上有许多同梦也似的疏林，一株两株如被遗忘了似的红白梅花，不少的坟园，在招你上山，到了半山的竹林边的真武殿（俗称中圣殿）外，超山之所以为超，就有点感觉得到了；从这里向东西北的三面望去，是汪洋的湖水，曲折的河身，无数的果树，不断的低岗，还有塘的两面的点点的人家；这便算是塘栖一带的水乡全景的鸟瞰。

从中圣殿再沿石级上去，走过黑龙潭，更走二里，就可以到山顶，第一要使你骇一跳的，是没有到上圣殿之先的那一座天然石筑的天门。到了这里，你才晓得超山的奇特，才晓得志上所说的"山有石鱼石笋等，他石多异形，如人兽状。"诸记载的不虚。实实在在，超山的好处，是在山头一堆石，山下万梅花，至若东瞻大海，南眺钱江，田畴如井，河道如肠，桑麻遍地，云树连天等形容词，则凡在杭州东面的高处，如临平山黄鹤峰上都用得着的，并非是超山独一无二的绝景。

你若到了超山之后，则北去超山七里地外的塘栖镇上，不可不去一到。在那些河流里坐坐船，果树下跑跑路，趣味实在是好不过。两岸人家，中夹一水；走过丁山湖时，向西面看看独山，向东首看看马鞍龟背，想象想象南宋垂亡，福王在庄（至今其地还叫作福王庄）上所过的醉生梦死脂香粉腻的生涯，以及明清之际，诸大老的园亭别墅，台榭楼堂，或康熙乾隆等数度的临幸，包管你会起一种像读《芜城赋》似的感慨。

又说到了南宋，关于塘栖，还有好几宗故事，值得一提。第一，卓氏家乘《唐栖考》里说："唐栖者，唐隐士所栖也；隐士名珏，字玉潜，宋末会稽人。少孤，以明经教授乡里子弟而养其母。至元戊寅，浮图总统杨连真伽，利宋攒宫金玉，故为妖惑主听，发掘之。珏怀愤，乃货家具，召诸恶少，收他骨易遗骸，瘗兰亭山后，而树冬青树识焉。珏后隐居唐栖，人义之，遂名其地为唐栖。"这镇名的来历说，原是人各不同的，但这也岂不是一件极有趣的故实么？还有塘栖西龙河圩，相传有宋宫人墓；昔有士子，秋夜凭栏对月，忽闻有环珮之声，不寐听之，歌一绝云："淡淡春山抹未浓，偶然还记旧行踪，自从一入朱门去，便隔人间几万重。"闻之酸鼻。这当然也是一篇绝哀艳的鬼国文章。

塘栖镇跨在一条水的两岸，水南属杭州，水北属德清；商市的繁盛，酒家的众多，虽说只是一个小小的镇集，但比起有些县城来，怕还要闹热几分。所以游过超山，不愿在山上吃冷豆腐黄米饭的人，尽可以上塘栖镇上去痛饮大嚼；从山脚下走回汽车路去坐汽车上塘栖，原也很便，但这一段路，总以走走路坐坐船更为合适。

1935年1月9日

○ 阅读札记

超山的梅林，每到立春前后的开放时节，香传十里，登高远望，千万株梅树，如一片雪海。除却自然之美，还有众多的人文景观。这样美好的赏梅胜地，经过作者之笔润色，让人心驰神往。

西溪的晴雨

/ 郁达夫

西北风未起,蟹也不曾肥,我原晓得芦花总还没有白,前两星期,源宁来看了西湖,说他倒觉得有点失望,因为湖光山色,太整齐,太小巧,不够味儿,他开来的一张节目上,原有西溪的一项;恰巧第二天又下了微雨,秋原和我就主张微雨里下西溪,好叫源宁去尝一尝这西湖近旁的野趣。

天色是阴阴漠漠的一层,湿风吹来,有点儿冷,也有点儿香,香的是野草花的气息。车过方井旁边,自然又下车来,去看了一下那座天主圣教修士们的古墓。从墓门望进去,只是黑沉沉、冷冰冰的一个大洞,什么也看不见,鼻子里却闻吸到了一种霉灰的阴气。

把鼻子掀了两掀,耸了一耸肩膀,大家都说,可惜忘记带了电筒,但在下意识里,自然也有一种恐怖、不安、和畏缩的心意,在那里作恶,直到了花坞的溪旁,走进窗明几净的静莲庵(?)堂去坐下,喝了两碗清茶,这一些鬼胎,方才洗涤了个空空脱脱。

游西溪,本来是以松木场下船,带了酒盒行厨,慢慢儿地向西摇去为正宗。像我们那么高坐了汽车,飞鸣而过古荡、东岳,一个钟头要走百来里路的旅客,终于是难度的俗物,但是俗物也有俗益,你若坐在汽车里,引颈而向西向北一望,直到湖州,只见一派空明,遥盖在淡绿成阴的斜平海上;这中间不见水,不见山,当然也不见人,只是渺渺茫茫,青青绿绿,远无岸,近亦无田园村落的一个大斜坡,过秦亭山后,一直到留下为止的那一条沿山大道上的景色,好处就在这里,尤其是当微雨朦胧,江南草长的春或秋的半中间。

从留下下船,回环曲折,一路向西向北,只在芦花浅水里打圈圈;圆桥茅舍,桑树蓼花,是本地的风光,还不足道;最古怪的,是剩在背后的一带湖上的青山,不知不觉,忽而又会得移上你的面前来,和你点一点头,又匆匆的别了。

摇船的少女,也总好算是西溪的一景;一个站在船尾把摇橹,一个坐在船头上使桨,身体一伸一俯,一往一来,和橹声的咿呀,水波的起落,凑合成一大又圆又曲的进行软调;游人到此,自然会想起瘦西湖边,竹西歌吹的闲情,而源宁昨天在漪园月下老人祠里求得的那枝灵签,仿佛是完全的应了,签诗的语文,是《鄘风桑中》章末后的三句,叫做"期我乎桑中,要我乎上宫,送我乎淇之上矣。"

此后便到了交芦庵,上了弹指楼,因为是在雨里,带水拖泥,终于也感不到什么的大趣,但这一天向晚回来,在湖滨酒楼上放谈之下,源宁却一本正经地说:"今天的西溪,却比昨日的西湖,要好三倍。"

前天星期假日,日暖风和,并且在报上也曾看到了芦花怒放的消息,午后日斜,老龙夫妇,又来约去西溪,去的时候,太晚了一点,所以只在秋雪庵的弹指楼上,消磨了半日之半。一片斜阳,反照在芦花浅渚的高头,花也并未怒放,树叶也不曾凋落,原不见秋,更不见雪,只是一味的晴明浩荡,飘飘然,浑浑然,洞贯了我们的肠腑,老僧无相,烧了面,泡了茶,更送来了酒,末后还拿出了纸和墨,我们看看日影下的北高峰,看看庵旁边的芦花荡，就问无相，花要几时才能全白？老僧操着缓慢的楚国口音，微笑着说："总要到阴历十月的中间；若有月亮，更为出色。"说后，还提出了一个交换的条件，要我们到那时候，再去一玩，他当预备些精馔相待，聊当作润笔，可是今天的字，却非写不可，老龙写了"一剑横飞破六合，万家憔悴哭三吴"的十四个字，我也附和着抄了一副不知在哪里见过的联语："春梦有时来枕畔，夕阳依旧上帘钩。"

喝得酒醉醺醺，走下楼来，小河里起了晚烟，船中间满载了黑暗，龙妇又逸兴遄飞，不知上哪里去摸出了一枝洞箫来吹着。"其声呜呜然，如怨如慕，如泣如诉，余音袅袅，不绝如缕"，倒真有点像是七月既望，和东坡在赤壁的夜游。

1935 年 10 月 22 日

○ 阅读札记

与西湖整齐的湖光山色不同，西溪的风光更有一种"野趣"。阴雨绵绵的西溪，有黑沉沉的古墓，有江南草长的沿途风景，也有船头咿呀的橹声。晴时的西溪，有芦花怒放，亦可与老僧品茗闲谈，让我们体会西溪的美与悠然诗情。

花坞

/ 郁达夫

"花坞"这一个名字,大约是到过杭州,或在杭州住上几年的人,没有一个不晓得的,尤其是游西溪的人,平常总要一到花坞。二三十年前,汽车不通,公路未筑,要去游一次,真不容易;所以明明知道这花坞的幽深清绝,但脚力不健,非好游如好色的诗人,不大会去。现在可不同了,从湖滨向北向西的坐汽车去,不消半个钟头,就能到花坞口外。而花坞的住民,每到了春秋佳日的放假日期,也会成群结队,在花坞口的那座凉亭里鹄候,预备来做一个临时导游的脚色,好轻轻快快地赚取游客的两毛小洋;现在的花坞,可真成了第二云栖,或第三九溪十八涧了。

花坞的好处,是在它的三面环山,一谷直下的地理位置,石人坞不及它的深,龙归坞没有它的秀。而竹木萧疏,清溪蜿绕,庵堂错落,尼媪翩翩,更是花坞独有的迷人风韵。将人来比花坞,就像浔阳商妇,老抱琵琶;将花来比花坞,更像碧桃开谢,未死春心;将菜来比花坞,只好说冬菇烧豆腐,汤清而味隽了。

我的第一次去花坞,是在松木场放马山背后养病的时候,记得是一天日和风定的清秋的下午,坐了黄包车,过古荡,过东岳,看了伴凤居,访过风木庵（是钱唐丁氏的别业），感到了口渴，就问车夫，这附近可有清静的乞茶之处？他就把我拉到了花坞的中间。

伴凤居虽则结构堂皇，可是里面却也坍败得可以；至于杨家牌楼附近的风木庵哩，丁氏的手迹尚新，茅庵的木架也在，但不晓怎么，一走进去，就感到了一种扑人的霉灰冷气。当时大厅上停在那里的两口丁氏的棺材，想是这一种冷气的发源之处，但泥墙倾圮，蛛网绕梁，与壁上挂在那里的字画屏条一对比，极自然地令人生出了"俯仰之间，已成陈迹"的感想。因为刚刚在看了这两处衰落的别墅之后，所以一到花坞，就觉得清新安逸，像世外桃源的样子了。

自北高峰后，向北直下的这一条坞里，没有洋楼，也没有伟大的建筑，而从竹叶杂树中间透露出来的屋檐半角，女墙一围，看将过去却又显得异常的整洁，异常的清丽。英文字典里有 Cottage 的这一个名字；而形容这些茅屋田庄的安闲小洁的字眼，又有着许多像 Tiny, Dainty, Snug 的绝妙佳词，我虽则还没有到过英国的乡间，但到了花坞，看了这些小庵却不能自己地便想起了这种只在小说里读过的英文字母。我手指着那些在林间散点着的小小的茅庵，回头来就问车夫："我们可能进去？"车夫说："自然是可以的。"于是就在一曲溪旁，走上了山路高一段的地方，到了静掩在那里的，双黑板的墙门之外。

车夫使劲敲了几下，庵里的木鱼声停了，接着门里头就有一位女人的声音，问外面谁在敲门。车夫说明了来意，铁门闩一响，半边的门开了，出来迎接我们的，却是一位白发盈头，皱纹很少的老婆婆。

庵里面的洁净，一间一间小房间的布置的清华，以及庭前屋后树木的参差掩映，和厅上佛座下经卷的纵横，你若看了之后，仍不起皈依弃世之心的，我敢断定你就是没有感觉的木石。

那位带发修行的老比丘尼去为我们烧茶煮水的中间，我远远听见了几声从谷底传来的鹊噪的声音；大约天时向暮，乌鹊来归巢了，谷里的静，反因这几声的急噪，而加深了一层。

我们静坐着，喝干了两壶极清极酽的茶后，该回去了，迟疑了一会，我就拿出了一张纸币，当作茶钱，那一位老比丘尼却笑起来了，并且婉慢地说：

"先生！这可以不必；我们是清修的庵，茶水是不用钱买的。"

推让了半天，她不得已就将这一元纸币交给了车夫，说："这给你做个外快吧！"

这老尼的风度，和这一次逛花坞的情趣，我在十余年后的现在，还在津津地感到回味。所以前一礼拜的星期日，和新来杭州住的几位朋友遇见之后，他们问我"上哪里去玩？"我就立时提出了花坞，他们是有一乘自备汽车的，经松木场，过古荡东岳而去花坞，只须二十分钟，就可以到。

十余年来的变革，在花坞里也留下了痕迹。竹木的清幽，山溪的静妙，虽则还同太古时一样，但房屋加多了，地价当然也增高了几百倍；而最令人感到不快的，却是这花坞的住民的变作了狡猾的商人。庵里的尼媪，和退院的老僧，也不像从前的恬淡了，建筑物和器具之类，并且处处还受着了欧洲的下劣趣味的恶化。

同去的几位，因为没有见到十余年前花坞的处女时期，所以仍旧感觉得非常满意，以为九溪十八涧、云栖决没有这样的清幽深邃；但在我的内心，却想起了一位素朴天真，沉静幽娴的少女……被弃的状态。

1935 年 3 月 24 日

○阅读札记

　　多年前,郁达夫在偶然间遇见了花坞,它是那样的幽深秀丽,还有那恬淡无争的老婆婆,在他的心中留下了深刻的印记。再次来到花坞,虽然犹有清幽旧景,然而已被开发得面目全非,让作者的内心无限失望、怅惘。

方岩纪静

/ 郁达夫

方岩在永康县东北五十里。自金华至永康的百余里，有公共汽车可坐，从永康至方岩就非坐轿或步行不可，我们去的那天，因为天阴欲雨，所以在永康下公共汽车后就都坐了轿子，向东前进。十五里过金山村，又十五里到芝英，是一大镇，居民约有千户，多应姓者，停轿少息，雨愈下愈大了，就买了些油纸之类，作防雨具。再行十余里，两旁就有起山来了，峰岩奇特，老树纵横，在微雨里望去，形状不一，轿夫一一指示说：

这是公婆岩，那是老虎岩……老鼠梯等等，说了一大串，又数里，就到了岩下街，已经是在方岩的脚下了。

凡到过金华的人，总该有这样的一个经验，在旅馆里住下后，每会有些着青布长衫、文质彬彬的乡下先生，来盘问你：是否去方岩烧香的？这是第几次来进香了？从前住过哪一家？你若回答他说是第一次去方岩，那他就会拿出一张名片来，请你上方岩去后，到这一家去住宿。这些都是岩下街的房头，像旅店而又略异的接客者，远在数百里外，就有这些派出代理人来兜揽生意，一则也可以想见一年到头方岩香市之盛，一则也可以推想岩下街四五百家人家，竞争的激烈。

岩下街的所谓房头，经营旅店业而专靠胡公庙吃饭者，总有三五千人，大半系程应二姓，文风极盛，财产也各可观，房子都系三层楼。大抵的情形，下层系建筑在谷里，中层沿街，上层为楼，房间一家总有三五十间，香市盛的时候，听说每家都患人满。香客之自绍兴、处州、杭州及近县来者，为数固已不少，最远者，且有自福建来的。

从岩下街起，曲折再行三五里，就上山；山上的石级是数不清的，密而且峻，盘旋环绕，要走一个钟头，才走得到胡公庙的峰门。

胡公名则，字子正，永康人，宋兵部侍郎，尝奏免衢婺二州民丁钱，所以百姓感德，立庙祀之。胡公少时，曾在方岩读过书，故而庙在方岩者为老牌真货。且时显灵异，最著的，有下列数则：

  宋徽宗时，寇略永康，乡民避寇于方岩，岩有千人坑，大藤悬挂，寇至缘藤而上，忽见赤蛇啮藤断，寇都坠死。

  盗起清溪，盘踞方岩，首魁夜梦神饮马于岩之池，平明池涸，其徒惊溃。

  洪杨事起，近乡近村多遭劫，独方岩得无恙。民国三年，嵊县乡民慕胡公之灵异，造庙祀之乘昏夜来方岩盗胡公头去，欲以之造像，公梦示知事及近乡农民，属捉盗神像头者，盗尽就逮。是年冬间嵊县一乡大火，凡预闻盗公头者皆烧失。翌年八月该乡民又有二人来进香，各毙于路上。

类似这样的奇迹灵异，还数不胜数，所以一年四季，方岩香火不绝，而尤以春秋为盛,朝山进香者,络绎于四方数百里的途上。金华人之远旅他乡者,各就其地建胡公庙以祀公,虽然说是迷信,但感化威力的广大,实在也出乎我们的意料之外,这是就方岩的盛名所以能远播各地的一近因而说的话,至于我们的不远千里,必欲至方岩一看的原因,却在它的山水的幽静灵秀,完全与别种山峰不同。

方岩附近的山,都是绝壁陡起,高二三百丈,面积周围三五里至六七里不等。而峰顶与峰脚,面积无大差异,形状或方或圆,绝似硕大的撑天圆柱。峰岩顶上,又都是平地,林木丛丛,簇生如发。峰的腰际,只是一层一层的沙石岩壁,可望而不可登。间有瀑布奔流,奇树突现,自朝至暮,因日光风雨之移易,形状景象也千变万化,捉摸不定。山之伟观,到此大约是可以说得已臻极顶了吧?

从前看中国画里的奇岩绝壁,皴法皱叠,苍劲雄伟到不可思议的地步,现在到了方岩,向各山略一举目,才知道南宗北派的画山点石,都还有未到之处。在学校里初学英文的时候,读到那一位美国清教作家霍桑的《大石面》一篇短篇,颇生异想,身到方岩,方知年幼时的少见多怪,像那篇小说里所写的大石面,在这附近真不知有多多少少。我不曾到过埃及,不知沙漠中的Sphinx比起这些岩面来,又该是谁兄谁弟。尤其是天造地设,清幽岑寂到令人毛发悚然的一区境界,是方岩北面相去约二三里地的寿山下五峰书院所在的地方。

北面数峰,远近环拱,至西面而南偏,绝壁千丈,成了一条上突下缩的倒覆危墙。危墙腰下,离地约二三丈的地方,墙脚忽而不见,形成大洞,似巨怪之张口,口腔上下,都是石壁,五峰书院、丽泽祠、学易斋,就建筑在这巨口的上下颚之间,不施椽瓦,而风雨莫及,冬暖夏凉,而红尘不到。更奇峭者,就是这绝壁的忽而向东南的一折,递进而突起了固厚、瀑布、桃花、覆釜、鸡鸣的五个奇峰，峰峰都高大似方岩，而形状颜色，各不相同。立在五峰书院的楼上，只听得见四围飞瀑的清音，仰视天小，鸟飞不渡，对视五峰，青紫无言，向东展望，略见白云远树，浮漾在楔形阔处的空中，一种幽静、清新、伟大的感觉，自然而然地袭向人来；朱晦翁、吕东莱、陈龙川诸道学先生的必择此地来讲学，以及一般宋儒的每喜利用山洞或风景幽丽的地方做讲堂，推其本意，大约总也在想借了自然的威力来压制人欲的缘故；不看金华的山水，这种宋儒的苦心是猜不出来的。

　　初到方岩的一天，就在微雨里游尽了这五峰书院的周围，与胡公庙的全部。庙在岩顶，规模颇大，前前后后，也有两条街，许多房头，在蒙胡公的福荫；一人成佛，鸡犬都仙，原是中国的旧例。胡公神像，是一位赤面长须的柔和长者，前殿后殿，各有一尊，相貌装饰，两都一样，大约一尊是预备着于出会时用的。我们去的那日，大约刚逢着了废历的十月初一，庙中前殿戏台上在演社戏敬神。台前簇拥着许多老幼男女，各流着些被感动了的随喜之泪，而戏中的情节说辞，我们竟一点儿也不懂，问问立在我们身旁的一位像本地出身、能说普通话的中老绅士，方知戏班是本地班，所演的为《杀狗劝妻》一类的孝义杂剧。

　　从胡公庙下山，回到了宿处的程××店中，则客堂上早已经点起了两大支红烛，摆上了许多大肉大鸡的酒菜，在候我们吃晚饭了；菜蔬丰盛到了极点，但无鱼少海味，所以味也不甚适口。

　　第二天破晓起来，仍坐原轿绕灵岩的福善寺回永康，路上的风景，也很清异。

　　第一，灵岩也系同方岩一样的一座突起的奇峰，峰的半空，有一穿心大洞，长约二三十丈，广可五六丈左右，所谓福善寺者，就系建筑在这大山洞里的。我们由东首上山进洞的后面，通过一条从洞里隔出来的长巷，出南面洞口而至寺内，居然也有天王殿、韦驮殿、观音堂等设置，山洞的大，也可想见了。南面四山环抱，红叶青枝，照耀得可爱之至；因为天晴了，所以空气澄鲜，一道下山去的曲折石级，自上面瞭望下去，更觉得幽深到不能见底。

下灵岩后，向西北绕道回去，一路上尽是些低昂的山岭与旋绕的清溪。经过园内有两株数百年古柏的周氏祠庙，将至俗名耳朵岭的五木岭口的中间，一段溪光山影，景色真像是在画里；西南处州各地的远山，呼之欲来，回头四望，清入肺腑。

过五木岭，就是一大平原，北山隐隐，已经看得见横空的一线，十五里到永康，坐公共汽车回金华，还是午后三四点钟的光景。

○ 阅读札记

众多奇幻灵异的故事，让方岩声名远播，而作者却独爱其山水的幽静灵秀。方岩的山峰、石壁，还有在山中建立的书院等建筑，让人不得不感叹山的伟岸、幽静、清新，人在其中也有了对大自然的敬畏之心。

山水

/ 李广田

先生，你那些记山水的文章我都读过，我觉得那些都很好。但是我又很自然地有一个奇怪念头：我觉得我再也不愿意读你那些文字了，我疑惑那些文字都近于夸饰，而那些夸饰是会叫生长在平原上的孩子悲哀的。你为什么尽把你们的山水写得那样美好呢？难道你从来就不曾想到过：就是那些可爱的山水也自有不可爱的理由吗？我现在将以一个平原之子的心情来诉说你们的山水：在多山的地方行路不方便，崎岖坎坷，总不如平原上坦坦荡荡；住在山圈里的人很不容易望到天边，更看不见太阳从天边出现，也看不见流星向地平线下消逝，因为乱山遮住了你们的望眼；万里好景一望收，是只有生在平原上的人才有这等眼福；你们喜欢写帆，写桥，写浪花或涛声，但在我平原人看来，却还不如秋风禾黍或古道鞍马为更好看；而大车工东，恐怕也不是你们山水乡人所可听闻。此外呢，此外似乎还应该有许多理由，然而我的笔偏不听我使唤，我不能再写出来了。唉唉，我够多么蠢，我想同你开一回玩笑，不料却同自己开起玩笑来了，我原是要诉说平原人的悲哀呀。我读了你那些山水文章，我乃想起了我的故乡，我在那里消磨过十数个春秋，我不能忘记那块平原的忧愁。

我们那块平原上自然是无山无水，然而那块平原的子孙们是如何地喜欢一洼水，如何地喜欢一拳石啊。那里当然也有井泉，但必须是深及数丈之下才能用桔槔取得他们所需的清水，他们爱惜清水，就如爱惜他们的金钱。孩子们就巴不得落雨天，阴云漫漫，几个雨点已使他们的灵魂得到了滋润，一旦大雨滂沱，他们当然要乐得发狂。他们在深仅没膝的池塘里游水，他们在小小水沟里放草船，他们从流水的车辙想象长江大河，又从稍稍宽大的水潦想象海洋。他们在凡有积水的地方作种种游戏，即使因而为父母所责骂，总觉得一点水对于他们的感情最温暖。有远远从水乡来卖鱼蟹的，他们就爱打听水乡的风物；有远远从山里来卖山果的，他们就爱探访山里有什么奇产。远山人为他们带来小小的光滑石卵，那简直就是获得了至宝，他们会以很高的代价，使这块石头从一个孩子的衣袋转入另一个的衣袋。他们猜想那块石头的来源，他们说那是从什么山岳里采来的，曾在什么深谷中长养，为几千万年的山水所冲洗，于是变得这么滑，这么圆，又这么好看。曾经去过远方的人回来惊讶道："我见过山，我见过山，完全是石头，完全是石头。"于是听话的人在梦里画出自己的山峦。他们看见远天的奇云，便指点给孩子们说道："看啊，看啊，那象山，那象山。"孩子们便望着那变幻的云彩而出神。平原的子孙对于远方山水真有些好想象，而他们的寂寞也正如平原之无边。先生，你几时到我们那块平原上去看看呢：树木、村落，树木、村落，无边平野，尚有我们的祖先永息之荒冢累累。唉唉，平原的风从天边驰向天边，管叫你望而兴叹了。

自从我们的远祖来到这一方平原，在这里造起第一个村庄后，他们就已经领受了这份寂寞。他们在这块地面上种树木，种菜蔬，种各色花草，种一切谷类，他们用种种方法装点这块地面。多少世代向下传延，平原上种遍了树木，种遍了花草，种遍了菜蔬和五谷，也造下了许多房屋和坟墓。但是他们那份寂寞却依然如故，他们常常想到些远方的风候，或者是远古的事物，那是梦想，也就是梦忆，因为他们仿佛在前生曾看见些美好的去处。他们想，为什么这块地方这么平平呢，为什么就没有一些高低呢。他们想以人力来改造他们的天地。

你也许以为这块平原是非常广远的吧。不然，南去三百里，有一条小河，北去三百里，有一条大河，东至于海，西至于山，俱各三四百里，这便是我们这块平原的面积。这块地面实在并不算广漠，然而住在这平原中心的我们的祖先，却觉得这天地之大等于无限。我们的祖先们住在这里，就与一个孤儿被舍弃在一个荒岛上无异。我们的祖先想用他们自己的力量来改造他们的天地，于是他们就开始一件伟大的工程。农事之余，是他们的工作时间，凡是这平原上的男儿都是工程手，他们用锹，用锹，用刀，用铲，用凡可掘土的器具，南至小河，北至大河，中间绕过我们祖先所奠定的第一个村子，他们凿成了一道大川流。我们的祖先并不曾给我们留下记载，叫我们无法计算这工程所费的岁月。但有一个不很正确的数目写在平原之子的心里：或说三十年，或说四十年，或说共过了五十度春秋。先生，从此以后，我们祖先才可以垂钓，可以泅泳，可以行木桥，可以驾小舟，可以看河上的云烟。你还必须知道，那时代我们的祖先都很勤苦，男耕耘，女蚕织，所以都得饱食暖衣，平安度日，他们还有余裕想到别些事情，有余裕使感情上知道缺乏些什么东西。他们既已有了河流，这当然还不如你文章中写的那么好看，但总算有了流水，然而我们的祖先仍是觉得不够满好，他们还需要在平地上起一座山岳。

一道活水既已流过这平原上第一个村庄之东，我们的祖先就又在村庄的西边起始第二件工程。他们用大车，用小车，用担子，用篮子，用布袋，用衣襟，用一切可以盛土的东西，运村南村北之土于村西，他们用先前开河的勤苦来工作，要掘得深，要掘得宽，要把掘出来的土都运到村庄的西面。他们又把那河水引入村南村北的新池，于是一曰南海，一曰北海，自然村西已聚起了一座十几丈高的山。然而这座山完全是土的，于是他们远去西方，采来西山之石，又到南国，移来南山之木，把一座土山装点得峰峦秀拔，嘉树成林。年长日久，山中梁木柴薪，均不可胜用，珍禽异兽，亦时来栖止。农事有暇，我们的祖先还乐得扶老提幼，携酒登临。南海北海，亦自鱼鳖蕃殖，蘋藻繁多，夜观渔舟火，日听采莲歌。先生，你看我们的祖先曾过了怎样的好生活呢。

唉唉，说起来令人悲哀呢，我虽不曾象你的山水文章那样故作夸饰——因为凡属这平原的子孙谁都得承认这些事实，而且任何人也乐意提起这些光荣——然而我却是对你说了一个大谎，因为这是一页历史，简直是一个故事，这故事是永远写在平原之子的记忆里的。

我离开那平原已经有好多岁月了，我绕着那块平原转了好些圈子。时间使我这游人变老，我却相信那块平原还该是依然当初。那里仍是那么坦坦荡荡，然而也仍是那么平平无奇，依然是村落，树木，五谷，菜畦，古道行人，鞍马驰驱。你也许会问我：祖先的工程就没有一点影子，远古的山水就没有一点痕迹吗？当然有的，不然这山水的故事又怎能传到现在，又怎能使后人相信呢。这使我忆起我的孩提之时，我跟随着老祖父到我们的村西——这村子就是这平原上第一个村子，我那老祖父象在梦里似的，指点着深深埋在土里而只露出了顶尖的一块黑色岩石，说道："这就是老祖宗的山头。"又走到村南村北，见两块稍稍低下的地方，就指点给我说道："这就是老祖宗的海子。"村庄东面自然也有一条比较低下的去处，当然那就是祖宗的河流。我在那块平原上生长起来，在那里过了我的幼年时代，我凭了那一块石头和几处低地，梦想着远方的高山，长水，与大海。

一九三六年十一月五日

○阅读札记

　　平原的人们对山水有着好多的期待与幻想，他们的寂寞正如平原一般无边无际。于是他们一直传颂着挖河造山的故事，然而故事终究只是故事，平原的孩子们依旧只能凭着想象，梦想远方的高山、长水与大海。

新西湖

/ 周瘦鹃

一

西湖之美，很难用笔墨描写，也很难用言语形容；只苏东坡诗中"若把西湖比西子，淡妆浓抹总相宜"两句，差足尽其一二。我已十多年不到西湖了，前几年的某一个春季，忽然渴想西湖不已，竟见之于梦。记得明代张岱，因阔别西湖二十八载而作《西湖梦寻》一书，他说："西湖无日不入吾梦中，而梦中之西湖，未尝一日别余也。"我与有同感，因作《西湖梦寻》诗三十首，其第一首云："我是西湖旧宾客，春来那不梦西湖。十年未见西湖面，还问西湖忆我无？"其他二十九首，简直把西湖所有的名胜全都梦游到了。

西湖之美，虽说很难用笔墨描写，但是也有描写得很好的，如宋代于国宝《风入松》词和明代袁中郎《昭庆寺小记》。三十年前，我就是给这一词一文吸引到西湖去的。于词云："一春常费买花钱。日日醉湖边。玉骢惯识西湖路，骄嘶过、沽酒楼前。红杏香中箫鼓，绿杨影里秋千。　暖风十里丽人天，花压鬓云偏。画船载得春归去，余情付、湖水湖烟。明日重扶残醉，来寻陌上花钿。"袁记中有云："山色如蛾，花光似颊，温风如酒，波纹如绫，才一举头，已不觉目酣神醉，此时欲下一语不得，大约如东阿王梦中初遇洛神时也。"这一词一文，一写动而一写静，各极其美，端的是不负西湖。

一九五五年四月一日，因送章太炎先生的灵柩安葬于西湖南屏山下，总算和阔别了十多年的西湖重又见面了。当我信步走到湖边的时候，止不住哼着我所喜爱的一首赵秋舲的《西湖曲》："长桥长，断桥断。妾意深，郎情短。西湖湖水十分清，流出桃花波太软。"（调寄《花非花》）我一边哼，一边让两眼先来环游一下，觉得现在的西湖，已是一个新西湖了。环湖所有亭台楼阁，都是红红绿绿的焕然一新，虽觉这种鲜艳的色彩有些儿刺眼，然而非此似乎也不足以见其新啊。

我们一行六人，雇了一艘游艇泛湖去，预定作三小时之游，虽不住的下着雨，却并不减低我们的游兴，反以一游雨湖为乐，昔人不是说晴湖不如雨湖吗？

先到三潭印月，这里因为亭榭和建筑物较多，所以红绿照眼，更觉得触处皆新，惟有那三潭却还保持它们的旧貌；因此记起我的那首《梦寻》诗来："我是西湖旧宾客，每逢月夜梦三潭。记曾看月垂杨下，月色溶溶碧水涵。"料想月夜的三潭，一定是名副其实的。

不久我们又冒雨上了游艇，向西泠印社划去。四下里烟雨蒙蒙，南高峰、北高峰以及保俶塔等全都失了迹，湖面上倒像只有我们的一叶扁舟了。西泠印社大部分保持它旧有的风格，布置不俗；小龙泓一带可以望到阮公墩，是最可流连的所在。我最欣赏那边几株悬崖形的老梅树，铁干虬枝，苍古可喜，如果缩小了种在盆子里，加以剪裁，可作案头清供。可惜来迟了些，梅花都已谢了，只有一二株送春梅，还是红若胭脂，似与桃花争妍斗艳一般。山下有堂，陈列着十圆、集圆等几盆名兰，而以素心荷瓣的雪香素为最；春兰的花时已过，这几盆大概是硕果仅存的了。堂左有一片空地，搭架张白布幔，陈列春兰、蕙兰、建兰等千余盆，真是洋洋大观，见所未见；料知早一些来逢到春兰的全盛时期，定然幽香四溢，令人如入众香国咧。听说管领这许多兰花的，名诸友仁，是一位艺兰专家，已有数十年的经验。

二

西湖胜处太多了，来不及一一遍游，我们却看上了虎跑。第二天早上便冒雨向虎跑进发。一行七人，除了我夫妇二人外，有汪旭初、谢孝思、范烟桥诸君。一路上谈笑风生，逸情云上。虎跑的泉水清冽可爱，记得往年在这里品茗，曾用七八个铜子放在杯子里，水虽高出杯口，却并不外溢，足见水质之厚了。我们在泉畔喝龙井茶，津津有味，一连喝了好几杯，竟如牛饮。因为连日下雨，涧泉水涨，从乱石间倾泻而下，淘淘可听。下山时我就胡诌了一首打油诗："听水听风不费钱，杏花春雨自绵绵。狮峰龙井闲闲啜，一肚皮装虎跑泉。"

第二个胜处，我们就看上了苏堤。这一条苏堤起南迄北，横截湖中，为苏东坡守杭时所筑，中有六桥：一曰映波，二曰锁澜，三曰望山，四曰压堤，五曰东浦，六曰跨虹，全堤长约八里，夹堤都种桃、柳。苏堤春晓时，的是一片好景。

我们先从映波桥畔"花港观鱼"游起，现在已辟作杭州市公园，拓地二三百亩，布置得楚楚可观，一带用刺杉木做成的走廊和两座伸出湖滩的竹亭，朴雅可喜。有三株垂丝海棠，开得十分娇艳，此时此际，不须"高烧银烛照红妆"了。一个方形的池子里，红鱼无数，唼喋有声，我虽非鱼，也知鱼乐，在池边小立观赏，恰符花港观鱼之实。

踏上映波桥，见桥身已新修，栏作浅碧色，似是水泥所筑，柱头狮子雕刻很精，疑是旧制，后问邵裴子先生，才知六桥全是用安徽的茶园石建成，而雕刻也全是新的，这成绩实在太好了。我们边走边赏两面的湖光山色，并欣赏那夹堤拂水的一株株垂柳，真的如入山阴道上，令人目不暇接。

走过了第三条望山桥，便见面湖一座红色的小亭子里，立着一块"苏堤春晓"的碑，微闻杨柳丛中鸟声啁啾，活活的是春晓情景。远望刘庄，一带白墙黑瓦，还保持它旧有的风格，与湖山的景色很为调和。从第一桥到第五桥这一段，实在是苏堤最美的所在，碧水青山绿杨柳，一一奔凑眼底，美不胜收。我还是破题儿第一遭走完这条苏堤，真觉得是一种莫大的享受，虽走了八里多路，也乐而忘倦。

走过了第六条跨虹桥，已与市廛接近，景色稍差。汪旭老在我们七人中年事最高，跟着我们走，欲罢不能；而烟桥又嚷起肚子饿来，说鼻子里好似闻到了酒香，要上楼外楼喝酒去。于是我的打油诗又来了："一条桥又一条桥，行尽苏堤第六桥。强步难为汪旭老，酒香馋煞范烟桥。"一阵子笑声，把我们送上了楼外楼。

三

"峰从何处飞来？""泉自几时冷起？"这是前人对于飞来峰和冷泉的问句。当即有人答道："峰从飞处飞来。""泉自冷时冷起。"答如不答，很为玄妙，给我三十年来留下了深刻的印象，不能忘怀；而对于这灵隐的两个名胜，也就起了特殊的好感。我的《西湖梦寻》诗中，曾有这么一首："我是西湖旧宾客，梦中灵隐任优游。冷泉已冷何须热，峰既飞来且小休。"于是我们在楼外楼醉饱之后，就向灵隐进发，大家虎虎有生气。

一下汽车，立刻赶到飞来峰一线天那里。峰石上绣满苔藓，经了雨，青翠欲滴。进洞后，仰望一线天，只如鹅眼钱那么大，微微地透着光亮，若隐若现。出了洞，沿着石壁转进，又进了几个洞，彼此通连，好像在一座大厦里，由前厅进后厅，由右厢进左厢一般。往年我似乎没有到过这里，据说一部分还是近二年挖去了淤塞的泥土而沟通的。这一带奇峰怪石，目不暇接。我和孝思俩边走边欣赏边赞叹，不肯放过一峰一石，觉得湖石所堆叠的假山，真是卑卑不足道。

对于飞来峰的评价，以明代张宗子和袁中郎两篇小记中所说的最为精当。张记有云："飞来峰棱层剔透，嵌空玲珑，是米颠袖中一块奇石，使有石癖者见之，必具袍笏下拜，不敢以称谓简亵，只以石丈呼之也。"袁记有云："湖上诸峰，当以飞来峰为第一。峰石逾数十丈，而苍翠玉立，渴虎奔猊，不足为其怒也。神呼鬼立，不足为其怪也。秋水暮烟，不足为其色也。颠书吴画，不足为其变幻诘曲也。"二人对于飞来峰的倾倒，真的是情见乎词。袁又有《戏题飞来峰》诗二首云："试问飞来峰，未飞在何处。人世多少尘，何事飞不去。高古而鲜妍，杨班不能赋。""白玉簇其颠，青莲借其色。惟有虚空心，一片描不得。平生梅道人，丹青如不识。"高古而鲜妍，自是飞来峰的评，无怪杨班不能赋，梅道人描不得了。峰峦尽处，有一大片竹林，在雨中更见青翠，真有万竿烟雨之妙。我们走到中间，流连了好一会，竹翠四匝，衣袂也似乎染绿了。

走过红红绿绿的春淙亭，直向冷泉亭赶去，那泉水淘淘之声，早在欢迎我们。我在泉边大石上坐了下来，看那一匹白练，从无数乱石之间夺路下泻，沸喊作声。古人曾说"此水声带金石，已先作歌舞声矣"，比喻更为隽妙。唐代白乐天对冷泉也有很高的评价，他说："山树为盖，岩谷为屏。云从栋出，水与阶平。坐而玩之，可濯足于床下；卧而狎之，可垂钓于枕上。潺湲洁澈，甘粹柔滑，眼目之尘，心舌之垢，不待盥涤，见辄除去。"我在这里坐了半小时，真觉得俗尘万斛，全都涤尽了，因口占一绝句："桃李恹恹春寂寂，风风雨雨做清明。何如笠屐来灵隐，领略幽泉泻玉声。"

○阅读札记

古往今来，在文人的诗句里，在旅人的旧梦里，西湖一直是一处令人神往的地方。重游西湖，依旧会惊叹于它的美，西湖是一个让人来了还想再来、见而难忘的地方。

雨

/ 郁达夫

周作人先生名其书斋曰苦雨,恰正与东坡的"喜雨亭"名相反。其实,北方的雨,却都可喜,因其难得之故。像今年那么的水灾,也并不是雨多的必然结果;我们应该责备治河的人,不事先预防,只晓得糊涂搪塞,虚縻国帑,一旦有事,就互相推诿,但救目前。人生万事,总得有个变换,方觉有趣;生之于死,喜之于悲,都是如此,推及天时,又何尝不然?无雨那能见晴之可爱,没有夜也将看不出昼之光明。

我生长江南,按理是应该不喜欢雨的;但春日暝蒙,花枝枯竭的时候,得几点微雨,又是一件多么可爱的事情!"小楼一夜听春雨","杏花春雨江南","天街细雨润如酥",从前的诗人,早就先我说过了。夏天的雨,可以杀暑,可以润禾,它的价值的大,更可以不必再说。而秋雨的霏微凄冷,又是别一种境地,昔人所谓"雨到深秋易作霖,萧萧难会此时心"的诗句,就在说秋雨的耐人寻味。至于秋女士的"秋雨秋风愁煞人"的一声长叹,乃别有怀抱者的托辞,人自愁耳,何关雨事。三冬的寒雨,爱的人恐怕不多。但"江关雁声来渺渺,灯昏宫漏听沉沉"的妙处,若非身历其境者决领悟不到。记得曾宾谷曾以《诗品》中语名诗,叫作《赏雨茅屋斋诗集》。他的诗境如何，我不晓得，但"赏雨茅屋"这四个字，真是多么得有趣！尤其是到了冬初秋晚，正当"苍山寒气深，高林霜叶稀"的时节。

○阅读札记

雨本是自然之物，无悲无喜，它身上所承载的所有悲喜不过是人赋予它的。读"杏花春雨江南"时，我们觉得它可爱；读"秋雨秋风愁煞人"时，我们会叹息。然而这一切都是人的情感，"人自愁耳，何关雨事"。

山中的历日

/ 郑振铎

"山中无历日。"这是一句古话，然而我在山中却把历日记得很清楚。我向来不记日记，但在山上却有一本日记，每日都有二三行的东西写在上面。自7月23，第一日在山上醒来时起，直到了最后的一日早晨，即8月21日，下山时止，无一日不记。恰恰的在山上三十日，不多也不少，预定的要做的工作，在这三十日之内，也差不多都已做完。

当我离开上海时，一个朋友问我："什么时候可以回来？"

"一个月。"我答道。真的，不多也不少，恰是一个月。有一天，一个朋友写信来问我道："你一天的生活如何呢？我们只见你一天一卷的原稿寄到上海来，没有一个人不惊诧而且佩服的。上海是那样的热呀，我们一行字也不能写呢。"

我正要把我的山上生活告诉他们呢。

在我的二十几年的生活中，没有像如今的守着有规则的生活，也没有像如今的那么努力的工作着的。

第一晚，当我到了山时，已经不早了，滴翠轩一点灯火也没有。我问心南先生道："怎么黑漆漆的不点灯？"

"在山上，我们已成了习惯，天色一亮就起来，天色一黑就去睡，我起初也不惯，现在却惯了。到了那时，自然而然的会起来，自然而然的会去睡。今夜，因为同家母谈话，睡得迟些，不然，这时早已入梦了。家中人，除了我们二人外，他们都早已熟睡了。"心南先生说。

我有些惊诧，却不大相信。更不相信在上海起迟眠迟的我，会服从了这个山中的习惯。

然而到了第二天绝早，心南先生却照常的起身。我这一夜是和他暂时一房同睡的，也不由得不起来，不由得不跟了他一同起身。"还早呢，还只有6点钟。"我看了表说。

"已经是太晚了。"他说。果然，廊前太阳光已经照得满墙满地了。

这是第一次，我倚了绿色的栏杆——后来改漆为红色的，却更有些诗意了——去看山景。没有奇石，也没有悬岩，全山都是碧绿色的竹林和红瓦黑瓦的洋房子。山形是太平行了。然而向东望去，却可看见山下的原野。一座一座的小山，都在我们的足下，一畦一畦的绿田，也都在我们的足下。几缕的炊烟，由田间升起，在空中袅袅的飘着，我们知道那里是有几家农户了，虽然看不见他们。空中是停着几片的浮云。太阳照在上面，那云影倒映在山峰间，明显的可以看见。

"也还不坏呢，这山的景色。"我说。

"在起了云时，漫山的都是云，有的在楼前，有的在足下，有时浑不见对面的东西，有时，诸山只露出峰尖，如在海中的孤岛，这简直可称为云海，那才有趣呢。我到了山时，只见了两次这样的奇景。"心南先生说。

这一天真是忙碌，下山到了铁路饭店，去接梦旦先生他们上山来。下午，又东跑跑，西跑跑。太阳把山径晒得滚热的，它又张了大眼向下望着，头上是好像一把火的伞。只好在邻近竹径中走走就回来了。

在山上，雨是不预约就要落下来的，看它天气还好好的，一瞬间，却已乌云蔽了楼檐，沙沙的一阵大雨来了。不久，眼望着这块大乌云向东驶去，东边的山与田野却现出阴郁的样子，这里却又是太阳光满满的照着了。

"伞在山上倒是必要的；晴天可以挡太阳，下雨的时候可以挡雨。"我说。

这一阵雨过去后，天气是凉爽得多了，我便又独自由竹林间的一条小山径，寻路到瀑布去。山径还不湿滑，因为一则沿路都是枯落的竹叶躺着，二则泥土太干，雨又下得不久。山径不算不峻峭，却异常的好走。足踏在干竹叶上，柔柔的如履铺了棉花的地板，手攀着密集的竹竿，一竿一竿的递扶着，如扶着栏杆，任怎么峻峭的路，都不会有倾跌的危险。

莫干山有两个瀑布，一个是在这边山下，一个是碧坞。碧坞太远了，听说路也很险。走过去，要经过一条只有一尺多阔的栈道，一面是绝壁，一面是十余丈深的山溪，轿子是不能走过的，只好把轿子中途弃了，两个轿夫牵着游客的双手，一前一后的把他送过去。去年，有几个朋友到那里去游，却只有几个最勇敢的这样的走了过去，还有几个却终于与轿子一同停留在栈道的这边，不敢过去了。这边的山下瀑布，路途却较为好走，又没有碧坞那么远，所以我便渴于要先去看看——虽然他们都要休息一下，不大高兴走。

瀑布的气势是那么样的伟大，瀑布的景色是那么样的壮美：那么多的清泉，由高山石上，倾倒而下，水声如雷似的，水珠溅得远远的，只要闭眼一想象，便知它是如何的可迷人呀！我少时曾和数十个同学们一同旅行到南雁荡山。那边的瀑布真不少，也真不小。老远的老远的，便看见一道道的白练布由山顶挂了下来，却总是没有走到。经过了柔湿的田道，经过了繁盛的村庄，爬上了几层的山，方才到了小龙湫。那时是初春，还穿着棉衣。长途的跋涉，使我们都气喘汗流。但到了瀑布之下，立在一块远隔丈余的石上时，细细的水珠却溅得你满脸满身都是，阴凉的，阴凉的，立刻使你一点的热感都没有了；虽穿了棉衣，还觉得冷呢。面前是万斛的清泉，不休的只向下倾注，那景色是无比的美好，那清而宏大的水声，也是无比的美好。这使我到如今还记念着，这使我格外的喜爱瀑布与有瀑布的山。十余年来，总在北京与上海两处徘徊着，不仅没有见什么大瀑布，便连山的影子也不大看得见。这一次之到莫干山，小半的原因，因为那山那有瀑布。

山径不大好走，时而石级，时而泥径，有时，且要在荒草中去寻路。亏得一路上溪声潺潺的。沿了这溪走，我想总不会走得错的。后来，终于是走到了。但那水声并不大，立近了，那水珠也不会飞溅到脸上身上来。高虽有二丈多高，阔却只有两个人身的阔。那么样萎靡的瀑布，真使我有些失望。然而这总算是瀑布，万山静悄悄的，连鸟声也没有，只有几张照相的色纸，落在地上，表示曾有人来过。在这瀑布下流连了一会，脱了衣服，洗了一个身，濯了一会足，便仍旧穿便衣，与它告别了。却并不怎么样的惜别。

刚从林径中上来，便看见他们正在门口，打算到外面走走。

"你去不去？"擘黄问我。

"到哪里去？"我问道。

"随便走走。"

我还有余力，便跟了他们同去。经过了游泳池，个个人喧笑的在那里洇水，大都是碧眼黄发的人，他们是最会享用这种公共场所的。池旁，列了许多座位，预备给看的人坐，看的人真也不少。沿着这条山径，到了新会堂，图书馆和幼稚园都在那里。一大群的人正从那里散出，也大都是碧眼黄发的人。沿着山边的一条路走去，便是球场了。球场的规模并不小，难得在山边会辟出这么大的一个地方。场边有许多石级凸出，预备给人坐，那边贴了不少布告，有一张说："如果山岩崩坏了，发生了什么意外之事，避暑会是不负责的。"我们看那山边，围了不少层的围墙。很坚固，很坚固，那里会有什么崩坏的事。然而他们却要预防着。在快活的打着球的，也都是碧眼黄发的人。

梦旦先生他们坐在亭上看打球，我们却上了山脊。在这山脊上缓缓的走着，太阳已将西沉，把那无力的金光亲切的抚摩我们的脸。并不大的凉风，吹拂在我们的身上，有种说不出的舒适之感。我们在那里，望见了塔山。

心南先生说："那是塔山，有一个亭子的，算是莫干山最高的山了。"望过去很远，很远。

晚上，风很大。半夜醒来，只听见廊外呼呼的啸号着，仿佛整座楼房连基底都要为它所摇撼。

山中的风常是这样的。

这是在山中的第一天。第二天也没有做事。到了第三天，却清早的起来，6点钟时，便动手做工。8时吃早餐，看报，看来信，邮差正在那时来。9时再做，直到了12时。下午，又开始写东西，直到了4时。那时，却要出门到山上走走了。却只在近处，并不到远处去。天未黑便吃了饭。随意闲谈着。到了8时，却各自进了房。有时还看看书，有时却即去睡了。一个月来，几乎天天是如此。

下午4时后，如不出去游山，便是最好的看书时间了。

山中的历日便是如此，我从来没有过着这样的有规则的生活过！

1926年9月20日

○ 阅读札记

　　来到山中，褪去尘世的喧嚣，留下的只有宁静与安闲。在山中，不自觉地会顺应自然的规律，改变多年的作息习惯。每天的日常，或倚栏观景，或漫步山林，眼中是美景，心中是愉悦与宁静，这样的生活既规律又安宁，让人心生向往。

山居杂缀

/ 戴望舒

山风

窗外，隔着夜的帏幪，迷茫的山岚大概已把整个峰峦笼罩住了吧。冷冷的风从山上吹下来，带着潮湿，带着太阳的气味，或是带着几点从山涧中飞溅出来的水，来叩我的玻璃窗了。

敬礼啊，山风！我敞开窗门欢迎你，我敞开衣襟欢迎你。

抚过云的边缘，抚过崖边的小花，抚过有野兽躺过的岩石，抚过缄默的泥土，抚过歌唱的泉流，你现在来轻轻地抚我了。说啊，山风，你是否从我胸头感到了云的飘忽，花的寂寥，岩石的坚实，泥土的沉郁，泉流的活泼？你会不会说：这是一个奇异的生物！

雨

雨停止了，檐溜还是叮叮地响着，给梦拍着柔和的拍子，好像在江南的一只乌篷船中一样。"春水碧如天，画船听雨眠"，韦庄的词句又浮到脑中来了。奇迹也许突然发生了吧,也许我已被魔法移到笤溪或是西湖的小船中了吧……

然而突然,香港的倾盆大雨又降下来了。

树

路上的列树已斩伐尽了,疏疏朗朗地残留着可怜的树根。路显得宽阔了一点,短了一点,天和人的距离似乎更接近了。太阳直射到头顶上,雨直淋到身上……是的,我们需要阳光,但是我们也需要阴荫啊!早晨鸟雀的啁啾声没有了,傍晚舒徐的散步没有了。空虚的路,寂寞的路!

离门前不远的地方,本来有一棵合欢树,去年秋天,我也还采过那长长的荚果给我的女儿玩的。它曾经娉婷地站立在那里,高高地张开它的青翠的华盖一般的叶子,寄托了我们的梦想,又给我们以清阴。而现在,我们却只能在虚空之中,在浮着云片的碧空的背景上,徒然地描画它的青翠之姿了。像现在这样的夏天的早晨,它的鲜绿的叶子和火红照眼的花,会给我们怎样的一种清新之感啊!它的浓荫之中藏着雏鸟小小的啼声,会给我们怎样的一种喜悦啊!想想吧,它的消失对于我们是怎样地可悲啊!

抱着幼小的孩子,我又走到那棵合欢树的树根边来了。锯痕已由淡黄变成黝黑了,然而年轮却还是清清楚楚的,并没有给苔藓或是芝菌侵蚀去。我无聊地数着这一圈圈的年轮,四十二圈!正是我的年龄。它和我度过了同样的岁月,这可怜的合欢树!

树啊,谁更不幸一点,是你呢,还是我?

失去的园子

跋涉的挂虑使我失去了眼界的辽阔和余暇的寄托。我的意思是说,自从我怕走漫漫的长途而移居到这中区的最高一条街以来,我便不再能天天望见大海,不再拥有一个小圃了。屋子后面是高楼,前面是更高的山;门临街路,一点隙地也没有。从此,我便对山面壁而居,而最使我怅惘的,特别是旧居中的那一片小小的园子,那一片由我亲手拓荒,耕耘,施肥,播种,灌溉,收获过的贫瘠的土地。那园子临着海,四周是苍翠的松树,每当耕倦了,抛下锄头,坐到松树下面去,迎着从远处渔帆上吹来的风,望着辽阔的海,就已经使人心醉了。何况它又按着季节,给我们以意外丰富的收获呢?

可是搬到这里来以后,一切都改变了。载在火车上和书籍一同搬来的耕具:锄头,铁耙,铲子,尖锄,除草耙,移植铲,灌溉壶等等,都冷落地被抛弃在天台上,而且生了锈。这些可怜的东西!它们应该像我一样地寂寞吧。

好像是本能地,我不时想着:"现在是种番茄的时候了",或是"现在玉蜀黍可以收获了",或是"要是我能从家乡弄到一点蚕豆种就好了!"我把这种思想告诉了妻,于是她就提议说:"我们要不要像邻居那样,叫人挑泥到天台上去,在那里辟一个园地?"可是我立刻反对,因为天台是那么小,而且阳光也那么少,给四面的高楼遮住了。于是这计划打消了,而旧园的梦想却仍旧继续着。

大概看到我常常为这种思想困恼着吧,妻在偷偷地活动着。于是,有一天,她高高兴兴地来对我说了:"你可以有一个真正的园子了。你不看见我们对邻有一片空地吗?他们人少,种不了许多地,我已和他们商量好,划一部分地给我们种，水也很方便。现在，你说什么时候开始吧。"

她一定以为会给我一个意外的喜悦的，可是我却含糊地应着，心里想："那不是我的园地，我要我自己的园地。"可是，为了要不使妻太难堪，我期期地回答她："你不是劝我不要太疲劳吗？你的话是对的，我需要休息。我们把这种地的计划打消了吧。"

○ 阅读札记

居于山林之中，人与自然之间的距离是这样的近。感受山风拂面，伴着山雨之声入眠，开辟一处小园，将生活过成了一首诗。搬到城市生活之后，作者感到无限的空虚、寂寞与怅惘。

雨夜

/ 靳以

圆圆的红的光和绿的光向我的身上扑来，待倾斜着躯体躲避时，才陡地想到行为的可笑，因为是正安适地倚坐在车上层的近窗座位上。

在飞着细雨的天，街路是显得更清静了。摇曳着的灯光下，叶子露着温柔的绿色，好象那碧翠将随着雨滴从叶尖流了下去，平坦的路上，洒满了油一样的雨水，潺潺的流水声，使人想到了大雨一定是落过了。

夏天里，风雨象是最无常的了。和友人夫妻们共用了晚餐，正自想走出来，方才的大雨就起始落着。先是佣人说，友人的妻就说她也听见了，当我露着一点不相信推开帘帏外的窗门，嘈杂的雨声，就冲满了屋子。我一面说着：真没有想到，下了这么大的雨，一面就把窗赶紧关上了。

"还有什么别的事么？"

"没有，没有，怕有人在等着我。"

这样地说着，不过聊解自己的岑寂而已。谁会来等我呢，除开我那空空的四壁，和一些使我厌了的陈设。

"既然没有约定，等等也不妨事的，这么大的雨，怎么能走呢？"

为了是不必过于固执，我就答应了下来。几年来，到什么地方也未曾安下心来，原不会把那勉强地可以称为"家"的所在介于心中。只是想到了占去别人更多的时间，心就更加不安起来。但是在这样骤雨之中，自己也不敢就遽然走出去。

"怕是大雨，不会停下来，总要冒一场雨的。"

"不会是那样，——"友人很有把握似地笑着，"夏天的天气象人生，变幻无常的，这一阵虽是下着这么大的雨，等一下也许完全停了，或是飞起细雨来。"

为了要观玩雨声，他拉开窗帘，再开了灯。我们都面对着窗望了，玻窗上看不出雨点的痕迹，只是无数不可分的雨脚射了来，随着就迅速地淌下去，就着路灯的光，看见一片象烟雾的雨气，在那中间，包了一团微黄的光晕。

"雨夜总是美丽的。"

友人悠然地说，象是这景物又引起他青年时节的诗人梦。

"也许是不幸的。"

我似回答似不回答地说。

"×先生，为什么呢，为什么你要这样说呢？"

这是一个女人的声音，我想到了那位年青的太太，定是美丽地皱着她的眉头，怀了一点烦恼地等着我的回答。我早就看见了她那修得尖尖，染着红色的指甲，还有红的唇和红的颊；我就断定了不该把我所想到的使她知道，我就说：

"把我留在这里，不是一件不幸么？"

于是她笑起来了，她的笑声是那么清亮，好象我能看见那两排白亮的牙齿。可是我后悔了，我问着自己为什么要到这里来？过往的情谊不应再凭记了，我该和他们离开。

正巧在这时候,急雨停止了,细细的雨丝在空中飞着,我就说我想回去了,怕的是过一阵又要有大雨下来。

友人开了灯,留着我,说是即使再下大雨也无妨,我可以睡在他们家里;倚在他臂中的女人也那样说着,可是我坚持着自己的意见,就迳自取了帽子和上衣。

"那么就请有空的时候到这边来坐吧。"

"好,好,将来我会来的。"

一面应着一面却逃出了他们的家,横飞的细雨抚摸着我的脸颊,我的心才觉得难有的清凉。

"我再也不能到他们那里去,我们中间的距离太远了。"

这样地自己想着,高大的车摇摇晃晃地来了。我走上去,向着上层,那里没有一个人,我就独自傍了车窗坐着。

一路上没有一个人上来,尽是自己忍受着车的颠动,心又象是不安起来了。

我所要走的又是一条很长很长的路,……

过了居住区,便是烦闹的市街了,可是在雨中,失去了原性,也浸在寂静之中。每天要有多少只脚踏着的边路,只是安然地躺在那里,屋顶上流下来的水冲过光滑的街面流向地沟,窗橱仍是辉煌地明了灯,或是红的,绿的,紫的霓虹光,昂然站立着的女型像是也无力地垂下了头,披在肩上的纱和缎,要从那上面溜下来似的。

"我厌烦了,我要到外面走走去,哪怕是落雨的天。"

它们好象这样叫着,可是它们只是兀然站在那里,不能移动一步。

路上的车少得使人疑惑了,谁能信这是最繁闹的街路呢?谁能相信这地价一方尺就值万呢?而且这路,是用上好的红木铺起来的。只是有无数的蛇晃动着，在路的中心爬泳着，抬起头来，就看到空漠地亮在那里的广告了。是的，这个城市是只相信大言和虚伪的，说真话和给人真心看的是稀有的傻子。这样的人该走回他所自来的地方。

走着那座桥，一条美丽的河在下面过去了。那美丽是没有法子写得出的，要一个人的我突然象是痴呆了似地说着：

"你看，这河多美。——"

我立刻就意识到在这上面我没有相识的人，即是不相识的人，也没有一个。

看到夜间美丽的河水，就想到了日间所看到水面上的污秽和成日成夜地小工淌流着的汗水，是的，河水也许要有一点腥咸的味了。

到了我所要到的停站，我走下来，顺着边路走去。教堂前的散音器又激昂地说着上帝的万能和上帝的仁慈，忠心的上帝的奴仆，正自守在街的这面和那一面。

当着我走过去的时节，冒了雨，一个人的手碰了碰我的手臂，接着就说：

"请到里面听讲吧，信上帝是有福的。"

信上帝不是只有福的，而且是有利的，从那播音器中正在疾呼着：

"……上帝能使你富，使你离开贫穷，你们要信上帝，才能得到上帝的恩赐。……"

可是我却连头也不抬一下，急匆匆地走着自己的路，不久我就折入了一条较阴暗的巷子。

雨水使这条巷子的石子路中积着泥浆，在暗澹的灯光下，看到蜷曲着身子，偎在路的两边的尽是一些没有家的人。他们好象还能安然地睡眠，虽然雨水打在他们的身上脸上。

我的心在战抖，好象地上的污泥涂到那上面，我的心中想着：

"如果我也是他们中的一个，没有能遮风蔽雨憩宿的地方，风雨霜雪的日子，要躺在这里度着每一个夜，我，我该有什么样的感想呢？"

过了这条巷，我的住处也在望了。为了不惊动二楼的友人，我轻悄悄地爬上三楼，我那寂寞的屋子正自寂寞地在那里等着我。

我该休息了，我就躺到床上，因为近窗的缘故，床单为雨水湿了，从尚未关起来的窗口，还有细雨飞到我的脸上，手臂上和我的身上。

○阅读札记

在下着雨的夏夜，无论是在朋友家，还是在路边的教堂，作者与这些周围的环境皆是如此的格格不入，冷眼旁观的冷漠让他只想逃离。他是孤寂的，唯有在孤身一人时才会由衷地赞叹雨夜的美。他也是悲悯的，巷子里无家的人更让他有共鸣。

风物亦有情

每个人的珍爱之物，究其根源，恐怕都有一段难以忘怀的故事和回忆。它可能见证了你的喜怒哀乐、悲欢离合，也可能寄托了你对某个人的思念。所以我们常常会托物言志、睹物思人，这些看似无情的物件便承载了最深的情感。

钢笔与粉笔

/ 老舍

钢笔头已生了锈,因为粉笔老不离手。拿粉笔不是个好营生,自误误人是良心话,而良心扭不过薪水去。钢笔多么有意思:黑黑的管,尖尖的头,既没粉末,又不累手。想不起字来,沾沾墨水,或虚画几个小圈;如在灯下,笔影落纸上似一烛苗。想起来了,刷刷写下去,笔道圆,笔尖儿滑,得心应手,如蜻蜓点水,轻巧健丽。写成一气,心眼俱亮,急点上香烟一支,意思冉潮,笔尖再动,忙而没错儿,心在纸上,纸滑如油,乐胜于溜冰。就冲这点乐趣,好像为文艺而牺牲就值得,至少也对得起钢笔。

钢笔头下什么都有。要哭它便有泪,要乐它就会笑,要远远在天边,要美美如雪后的北平或春雨中的西湖。它一声不出,可是能代达一切的感情欲望,而且不慌不忙,刚完一件再办一件,笔尖老那么湿润润的,如美人的唇。

可是,我只能拿粉笔!特别是这半年,因这半年特别的忙。可以说是一个字没有写,这半年!毛病是在哪里呢?钢笔有一个缺点,一个很大的缺点。它——不——能——生——钱!我只瞪着眼看它生锈,它既救不了我,我也救不了它。它不单喝墨水,也喝脑汁与血。供给它血的得先造血,而血是钱变的。我喂不起它呀！粉笔比它强，我喂它，它也喂我。钢笔不能这个。虽然它是那么可爱与聪明。它的行市是三块钱一千字，得写得好，快，应时当令，而且不激烈，恰好立于革命与不革命之间，政治与三角恋爱之外，还得不马上等着钱用。它得知道怎样小心，得会没墨水也能写出字，而且写得高明伟大；它应会办的事太多了，它的报酬可只是三块钱一千字与比三块钱还多一些的臭骂。

钢笔是多么可爱的东西呢，同时又是多么受气的玩艺啊！因为钢笔是这样，那么写东西不写也就没什么关系了。任它生锈，我且拿粉笔找黑板去者！

○ 阅读札记

钢笔与粉笔，代表了作者的两种身份。作者爱钢笔，爱写作，钢笔写出来的文字代表了作者的思想与内心。可是这份热爱无法让他赖以生存，因此他只能放下钢笔，拿起粉笔。这是现实，也是无奈。

兔儿爷

/ 老舍

我好静,故怕旅行。自然,到过的地方就不多了。到的地方少,看的东西自然也就少。就是对于兔儿爷这玩艺也没有看过多少种。

稍为熟习的只有北方几座城:北平,天津,济南,和青岛。在这四个名城里,一到中秋,街上便摆出兔儿爷来——就是山东人称为兔子王的泥人。兔儿爷或兔子王都是泥作的。兔脸人身,有的背后还插上纸旗,头上罩着纸伞。种类多,作工细,要算北平。山东的兔子王样式既少,手工也很糙。

泥人本有多种,可是因为不结实,所以作得都不太精细;给小儿女买玩艺儿,谁也不愿多花钱买一碰即碎的呀。兔儿爷虽也系泥人,但售出的时间只在八月节前的半个月左右,与月饼同为迎时当令的东西,故不妨作得精细一些。况且小儿女们每愿给兔儿爷上供,置之桌上,不像对待别种泥娃娃那么随便,于是也就略为减少碰碎的危险。这样,兔儿爷便获得较优越的地位,而能每年一度很漂亮的出现于街头。

中秋又到了,北平等处的兔儿爷怎样呢?

我可以想象到:那些粉脸彩衣,插旗打伞的泥人们一定还是一行行的摆在街头，为暴敌粉饰升平啊！

听说敌人这些日子，正在北平大量的焚书，几乎凡不是木板的图书都可以遭到被投入火里的厄运。学校里，人家里，都没有了书，而街头上到处摆出兔儿爷，多么好的一种布置呢！暴敌要的是傀儡呀！

友人来信，说平津大雨，连韭菜都卖到三吊钱（与重庆的"吊"同值）一束，粗粮也卖到一毛多一斤。谁还买得起兔儿爷呢？大概也就是在市上摆几天，给大家热闹热闹眼睛吧？

因而就想到那些高等汉奸，到时候，他们就必出来。正如桂花一开，兔子王便上市。他们的脸很体面，油光水滑的，只可惜鼻下有个三瓣子嘴，而头上有一对长耳朵。他们的身上也花花绿绿，足下登起粉底高靴。身腔里可是空空的，脊背有个泥团儿，为插旗伞之用；旗伞都是纸作的。他们多体面，多空虚，多没有心肝呢！他们唯一的好处似乎只在有两个泥膝，跪下很方便。

兔儿爷怕遇上淘气的孩子，左搬右弄，它脸上的粉，身上的彩，便被弄污；不幸而孩子一失手，全身便变成若干小片片了。孩子并不十分伤心，有钱便能再买一个呀。幸而支持过了中秋，并未粉碎；可又时节已过，谁还有心玩兔子王呢？最聪明的傀儡也不过是些小土片呀！那些带活气的兔子王，越漂亮，我就越替他们担心；小日本鬼子不但淘气，而且是世上最凶狠的孩子啊。兔子王的寿命无论如何过不去中秋，我真想为那些粉墨登场的傀儡们落泪了。

抗战建国须凭真实本领与浩然正气，只能迎时当令充兔子王的，不作汉奸，也是废物。那么，我们不仅当北望平津，似乎也当自省一下吧？

○阅读札记

　　老舍以兔儿爷讽刺高等汉奸,表面光鲜,实际上腹中空空,不仅没有真才实学,而且没有思想心肝,只能对日本人卑躬屈膝。作者借此告诫国人,要以真实本领与浩然正气抗战建国。

我底屋子

/ 靳以

我底屋子是青的，有着单纯的青色，生的友人走进来，会惊讶地说："你们这屋子都是青的呢！"而我则只有含着笑，点点头，招呼友人坐在蒙了青色布套的椅子里。我能自己倒给他一杯茶，如果是会抽烟，那么我又将敬他一支"五月花"。

"为什么喜欢这样的颜色呢？"

友人端了茶杯，或是用手指夹了烟卷的时候能如此地问着。我不能即刻回答，正如飞着的柳絮不能立时落在地下。

"也许，人是 Blue 的吧！"

我会如思索一番之后，悠悠然地回答着。

友人这时候可以抬起头来，望到伏在青色的墙壁之上是白色的屋顶；低下头来呢，躺在脚下的又是士敏土造成的灰色的地。可是秋日一点的好阳光，却为糊了青纸的窗子隔成幽暗的了。

"这颜色不是有点太阴沉了么？"

友人可以敲烟上的灰，或是把茶杯又放在茶碟里，乘着点余暇和我说。

"为什么一定要红紫的耀眼呢？"

我也会用了疑问代替我的回答。

"不是还很年青么？"

"是是，像我这样子的人——"

在说话的时候自然地会摸了自己的下颏和唇际，觉得有点子刺手的，是冒出来的胡子啊！

于是友人告辞了，留下来的是我那青色的屋子和我自己。

我始终还是爱着我这青色的屋子，窗帘是青的，座灯也是青的。友人好意送给我的书，我要检取那有着青色封面的。为人问着的时节我会说："我底屋子是青的，我也爱青色。"

有的友人说屋子的颜色太单纯了，又是青色，不妨配配色。就说那座灯吧，一个友人说该缝上白色的绸子；可是我还是告诉了曾加上青色的。为什么一定要这样，就是连自己想起来也颇茫然。

但是我喜欢我的屋子，当着没有一个人的时候，我把窗帘拉拢来，遮住了外面的整个天地，静静地坐在椅子里，架在书桌上的手掌托了自己的头，就那么安然于沉默的境地之中。也许我会提起笔来，把心里想说的话写在纸上，那我将更觉得满意，因为有一点外物的纷扰，就是同住的曾回来了，他也会提轻了脚步，悄悄地坐到我的对面，读着一本他所高兴的书。那时候，当我觉得疲倦，放下笔来，把眼抬起些来，则所看到的已不是那青色的墙壁而是一个圆圆的孩子样的脸。在这时候，他也会抬起头来；可是我们不说什么，重又都把头低下去。

于是那郁暗色的屋子，又能把我们拉到静默的中间。

我是爱我那屋子的，我那青色的屋子。

二十二年十月十五日

○阅读札记

  这间青色的屋子，尽管看起来阴沉，却给了作者一方安静的天地。他可以在他的屋中自由地做自己喜欢的事情，看书、写字，或者什么都不做也好，就这样安静地，不受任何外物的侵扰，便是他喜爱的生活。

灯

/ 靳以

于一切的记忆之中,灯——或者就说是火亮,最能给我一些温煦之感。这不能说到只是过去,现在和将来也都是如此罢。但是还要加以一点说明的,我并不喜欢那十分堂皇耀目的华灯(甚至于我还许背过脸去),我爱着那若有若无像鬼火一样,像晨间的微光一样,像映在水中的晚霞一样的,……

想到最早的事,就是小的时节,在晚间为仆人背了送到家中去,总是有另外一个仆人提了纸灯笼走在前面,我爱着那灯,我睁大了眼睛在望着;可是渐渐地那摇摇晃晃的光晕会使我的眼睛温柔地疲倦了。而那摆着的黄黄的光亮,却一直好像在我的眼前;虽然我已经闭上了我的眼睛。

有一次却是在我起始离开故旧的时候,我已经长成了,我走向一个陌生的地方。一天的晚间我失迷了路途,我不知道要如何才能走回我的寓所,我只知道我是才从彼岸过来,这边也只是荒野。我是十分焦急地站在那里,在那情况中,已经有了露宿一夜的可能,我张望着,于是我远远地望到了远远灯火的光亮,我就朝了那面走着。那并不是一条平坦的路,又因为在阴雨之后,几次我是走在泥泞之中,污水没了我的脚踝,我的鞋也是几次将被黏去，可是抬起头来，我知道那光亮是更近一点了，我就欣喜着抹下脸上的汗，再拔起脚来走着。终于我是投身到了那光亮中了，我是已经站在街路之上了。在一番跋涉之后，我回到我安身的所在。

但是时常为我所经历着的，却是在任何一个城中走着夜路，一些窗间的灯光给着希有的温暖。路也许是长的，夜也许深了，独自一个人如孤灵一样地在路上走着，冷了么，便拉起衣领来，偶然地就望到了透出来的光。那光几乎是一直照在我的心上，如果有那慷慨的主人，我能不顾一切地走进那所房屋。但是我知道那只是找不着边际的玄想，我惟有加紧了脚步，频行频回首。……

还记得有着那样的一个晚上，为了一时的高兴，和同住的K君点起了五支或六支洋烛。也许那正是新年的时候，远处有着爆竹的声音，冷寂是更重地扑到我们离家人的身上。每个火焰在跳动着，在墙上更错综地映着无数的影子，于是我们快活了，觉得像是这屋子里装满了人，就坐下来，凝视着那些点燃着的烛，我们高兴地剪了这个的焦芯又剪了那个的。

而今呢，一盏座灯，几乎是我最亲近的友人了。它立在我的案头，它分去我的凄凉与孤寂，它给我光，恰足照了我自己，好像是，它也知道我并不需要更多的。

我爱灯，我爱着火亮。

若是身为一只飞蛾，为什么不急速地投到火的胸中去呢？谁能说这是蠢盲？说着的人，也许正是不知道自己的一个蠢人罢？

○阅读札记

一个孤独的人对于光的渴望就如飞蛾对于火的执着。灯光，对于作者来说，代表着温暖，是黑夜中温柔的安全感，是迷失路上的指明灯。他渴望温暖，却只能孤独地对陌生的灯火频频回首。真正可以陪伴他的，只有案头的那一盏灯吧。

红烛

/ 靳以

为了装点这凄清的除夕，友人从市集上买来一对红烛。

划一根火柴，便点燃了，它的光亮立刻就劈开了黑暗，还抓破了沉在角落上阴暗的网。

在跳跃的火焰中，我们互望着那照映得红红的脸，只是由于这光亮呵，心才感到温暖了。

可是户外赤裸着的大野，忍受着近日来的寒冷，忍受那无情的冻雨，也忍受地上滚着的风，还忍受着黑夜的重压，……它沉默着，没有一点音响，象那个神话中受难的巨人。

红烛仍在燃着，它的光愈来愈大了，它独自忍着那煎熬的苦痛，使自身遇到灭亡的劫数，却把光亮照着人间。我们用幸福的眼互望着，虽然我们不象孩子那样在光亮中自由地跳跃，可是我们的心是那么欢愉。它使我们忘记了寒冷，也忘记了风雨，还忘记了黑夜；它只把我们领到和平的境界中，想着孩子的时代，那天真无邪的日子，用朴质的心来爱别人，也用那纯真的心来憎恨。用孩子的心来织造理想的世界，为什么有虎狼一般的爪牙呢？为什么有那一双血红的眼睛呢？为什么有鲜血和死亡呢？为什么有压迫和剥削呢？大人们难道不能相爱着活下去么？

可是突然，不知道是哪里的一阵风，吹熄了那一对燃着的红烛。被这不幸的意外所袭击，记忆中的孩子的梦消失了，我和朋友都噤然无声，只是紧紧地握着手。黑暗又填满了这间屋子。那风还不断地吹进来，斜吹的寒雨仿佛也有一点两点落在我的脸上和手上。凄惶的心情盖住我，我还是凝视着那余烬的微光，终于它也无声地沉在黑暗中了。

我们还是静静地坐着，眼前只是一片黑，怎么样还能想得到那一对辉煌的红烛呢？怎么样还能想得到那温煦的火亮呢？什么都没有了，一切都消失了，我们只是静静地坐着。

于是我又想到原来我们是住在荒凉的大野呵，望出去重叠着的是近山和远山，那幽暗的深谷象藏着莫测的诡秘，那狰狞的树林也是无日无夜地窥伺着我们这里；日间少行人，夜里也难得有一个火亮的，我们原来是把自己丢在这个寂寞所在，而今我们又被无情的寒风丢在黑暗之中。……

我们还只是坚强地坐着，耐心地等待着，难道这黑夜真是无尽的么？不是再没有雨丝吹进来了么？不是瓦上檐间的淅沥的雨底低语已经停止了么？风是更大了，林树在呼号着，可是它正可以吹散那一天乌云，等着夜蚀尽了，一个火红的太阳不是就要出来么？

"是，太阳总要出来的，黑夜还是要消失的！"我暗自叫着，于是不再惋惜那一对熄了的红烛，只是怀了满胸热望，等待着将出的太阳。

1941年冬

○阅读札记

　　凄清的除夕之夜，窗外是那样的寒冷与黑暗，唯有一对红烛燃烧着自己，给作者带来光亮与温暖。可是凛冽的风却吹灭了红烛，让他再次陷入黑暗之中。可是作者不愿放弃希望，他相信"太阳总要出来的，黑夜还是要消失的"！

风筝

/ 鲁迅

北京的冬季，地上还有积雪，灰黑色的秃树枝丫叉于晴朗的天空中，而远处有一二风筝浮动，在我是一种惊异和悲哀。

故乡的风筝时节，是春二月，倘听到沙沙的风轮声，仰头便能看见一个淡墨色的蟹风筝或嫩蓝色的蜈蚣风筝。还有寂寞的瓦片风筝，没有风轮，又放得很低，伶仃地显出憔悴可怜模样。但此时地上的杨柳已经发芽，早的山桃也多吐蕾，和孩子们的天上的点缀相照应，打成一片春日的温和。我现在在那里呢？四面都还是严冬的肃杀，而久经诀别的故乡的久经逝去的春天，却就在这天空中荡漾了。

但我是向来不爱放风筝的，不但不爱，并且嫌恶他，因为我以为这是没出息孩子所做的玩艺。和我相反的是我的小兄弟，他那时大概十岁内外罢，多病，瘦得不堪，然而最喜欢风筝，自己买不起，我又不许放，他只得张着小嘴，呆看着空中出神，有时至于小半日。远处的蟹风筝突然落下来了，他惊呼；两个瓦片风筝的缠绕解开了，他高兴得跳跃。他的这些，在我看来都是笑柄，可鄙的。

有一天，我忽然想起，似乎多日不很看见他了，但记得曾见他在后园拾枯竹。我恍然大悟似的，便跑向少有人去的一间堆积杂物的小屋去，推开门，果然就在尘封的什物堆中发现了他。他向着大方凳，坐在小凳上；便很惊惶地站了起来，失了色瑟缩着。大方凳旁靠着一个胡蝶风筝的竹骨，还没有糊上纸，凳上是一对做眼睛用的小风轮，正用红纸条装饰着，将要完工了。我在破获秘密的满足中，又很愤怒他的瞒了我的眼睛，这样苦心孤诣地来偷做没出息孩子的玩艺。我即刻伸手折断了胡蝶的一支翅骨，又将风轮掷在地下，踏扁了。论长幼，论力气，他是都敌不过我的，我当然得到完全的胜利，于是傲然走出，留他绝望地站在小屋里。后来他怎样，我不知道，也没有留心。

然而我的惩罚终于轮到了，在我们离别得很久之后，我已经是中年。我不幸偶而看了一本外国的讲论儿童的书，才知道游戏是儿童最正当的行为，玩具是儿童的天使。于是二十年来毫不忆及的幼小时候对于精神的虐杀的这一幕，忽地在眼前展开，而我的心也仿佛同时变了铅块，很重很重的堕下去了。

但心又不竟堕下去而至于断绝，他只是很重很重地堕着，堕着。

我也知道补过的方法的：送他风筝，赞成他放，劝他放，我和他一同放。我们嚷着，跑着，笑着。——然而他其时已经和我一样，早已有了胡子了。

我也知道还有一个补过的方法的：去讨他的宽恕，等他说，"我可是毫不怪你呵。"那么，我的心一定就轻松了，这确是一个可行的方法。有一回，我们会面的时候，是脸上都已添刻了许多"生"的辛苦的条纹，而我的心很沉重。我们渐渐谈起儿时的旧事来，我便叙述到这一节，自说少年时代的胡涂。"我可是毫不怪你呵。"我想，他要说了，我即刻便受了宽恕，我的心从此也宽松了罢。

"有过这样的事么？"他惊异地笑着说，就像旁听着别人的故事一样。他什么也不记得了。

全然忘却，毫无怨恨，又有什么宽恕之可言呢？无怨的恕，说谎罢了。

我还能希求什么呢？我的心只得沉重着。

现在，故乡的春天又在这异地的空中了，既给我久经逝去的儿时的回忆，而一并也带着无可把握的悲哀。我倒不如躲到肃杀的严冬中去罢，——但是，四面又明明是严冬，正给我非常的寒威和冷气。

一九二五年一月二十四日

○ 阅读札记

冬日的风筝唤起了鲁迅的童年记忆，幼年时候的自以为是与固执，让他伤害了弟弟的童真与情感。懂事后的他对此深感愧疚，耿耿于怀。本文不仅是作者对自己的鞭笞，也是对这个社会的批判、对弱者的同情。

母亲的时钟

/ 鲁彦

二十几年前,父亲从外面带了一架时钟给母亲:一尺多高,上圆下方,黑紫色的木框,厚玻璃面,白底黑字的计时盘,盘的中央和边缘镶着金漆的圆圈,底下垂着金漆的钟摆,钉着金漆的铃子,铃子后面的木框上贴着彩色的图画——是一架堂皇而且美丽的时钟。那时这样的时钟在乡里很不容易见到;不但我和姊姊非常觉得希奇,就连母亲也特别喜欢它。

她最先把那时钟摆在床头的小橱上,只允许我们远望,不许我们走近去玩弄。我们爱看那钟摆的晃摇和长针的移动,常常望着望着忘记了读书和绣花。于是母亲搬了一个坐位,用她的身子挡住了我们的视线,说:

"这是听的,不是看的呀!等一会儿又要敲了,你们知道呆看了多少时候吗?"

我们喜欢听时钟的敲声,常常问母亲:

"还不敲吗,妈?你叫它早点敲吧!"

但是母亲望了一望我们的书本和花绷,冷淡地回答说:

"到了时候,它自己会敲的。"

钟摆不但自己会动,还会得得地响下去,我们常常低低地念着它的次数；但母亲一看见我们嘴唇的蠕动,就生起气来。

"你们发疯了!它一天到晚响着,你们一天到晚不做事情吗?我把它停了,或是把它送给人家去,免得害你们吧!……"

但她虽然这样说,却并没把它停下,也没把它送给人家。她自己也常常去看那钟点,天天把它揩得干干净净。

"走路轻一点!不准跳!"她几次对我们说,"震动得厉害,它会停止的!"

真的,母亲自从有了这架时钟以后,她自己的举动更加轻声了。她到小橱上去拿别的东西的时候,几乎忍住了呼吸。

这架时钟开足后可以走上一个星期。不知母亲是怎样记得的。每次总在第七天的早晨不待它停止,就去开足了发条。和时钟一道,父亲带回家来的,还有一个小小的日晷。一遇到天气好太阳大,母亲就在将到正午的时候,把它放在后院子的水缸盖上。她不会看别的时刻,只知道等待那红线的影子直了,就把时钟纠正为十二点。随后她收了那日晷,把它放在时钟的玻璃门内。我们也喜欢那日晷,因为它里面有一颗指南针,跳动得怪好看。但母亲连这个也不许我们玩弄。

"不是玩的!"她说。"太阳立刻就下山了,还不赶快做你们的事吗?……"

这在我们简直是件苦恼的事情。自从有了时钟以后,母亲对我们的监督愈加严了。她什么事情都要按着时候,甚至是早起,晚睡和三餐的时间。

冬天的日子特别短,天亮得迟黑得早。母亲虽然把我们睡眠的时间略略改动了些,但她自己总是照着平时的时间。大冷天,天还未亮,她就起来了。她把早饭煮好,房子收拾干净,拿着火炉来给我们烘衣服,催我们起床的时候,天才发亮,而我们也正睡得舒服,怕从被窝里钻出来。

"立刻要开饭了，不起来没有饭吃！"

她说完话就去预备碗筷。等我们穿好衣服，脸未洗完，她已经把饭菜摆在桌上。倘若我们不起来，她是决不等待我们的，从此要一直饿到中午，而且她半天也不理睬我们。

每次每次当她对我们说几点钟的时候，我们几乎都起了恐惧，因为她把我们的一切都用时间来限制，不准我们拖延。我们本来喜欢那架时钟的，以后却渐渐对它憎恶起来了。

"停了也好，坏了也好！"我们常常私自说。

但是它从来不停，也从来不坏。而且过了两三年，我们家里又加了一架时钟了。

那是……嫂嫂的嫁妆。它比母亲的一架更时新，更美观，声音也更好听。它不用铃子，用的钢条圈，敲起来声音洪亮而且余音不绝。

我们喜欢这一架，因为它还有两个特点：比母亲的一架走得慢，常常走不到一星期就停了下来。

但母亲却喜欢旧的一架。她把新的放在门边的琴桌上，把揩抹和开发条的事情派给了姊姊。她屡次看时刻都走到自己的床边望那架旧的。

"你喜欢这一架，"母亲对姊姊说，"将来就给你做嫁妆吧。当然，这一架样子新，也值钱些。"

我想姊姊当时听了这话应该是高兴的。但我心里却很不快活。我不希望母亲永久有一架那样准确而耐用的时钟。

那时钟，到得后来几乎代替了母亲的命令了。母亲不说话，它也就下起命令来。我们正睡得熟，它叮叮地叫着逼迫我们起床了；我们正玩得高兴，它叮叮地叫着，逼迫我们睡觉了；我们肚子不饿，它却叫我们吃饭；肚子饿了，它又不叫我们吃饭……

我们喜欢的是要快就快，要慢就慢，要走就走，要停就停的时钟。

姊姊虽然有幸，将得到一架那样的时钟，但在出嫁前两三个月，母亲忽然要把它修理了。

"好看只管好看，乱时辰是不行的，"她对姊姊说。"你去做媳妇，比不得在家里做女儿，可以糊里糊涂，自由自在呀。"

不知怎样，她竟打听出来了一个会修时钟的人，把他从远处请到家里，将那架新的拆开来，加了油，旋紧了某一个螺丝钉，弄了大半天。母亲请他吃了一顿饭，还用船送他回去。

于是姊姊的那架时钟果然非常准确了，几乎和母亲的一模一样。这在她是祸是福，我不知道。只记得她以后不再埋怨时钟，而且每次回到家里来，常常替代母亲把那架旧的用日晷来对准；同时她也已变得和母亲一样，一切都按照着一定的时间了。

我呢，自从第一次离开故乡后，也就认识了时钟的价值，知道了它对于人生的重大的意义，早已把憎恶它的心思一变而为喜爱的了。因为大的时钟不合用，我曾经买过许多挂表，既便于携带，式样又美观，价钱又便宜。

我记得第一次回家随身带着的是一只新出的夜明表，喜欢得连半夜醒来也要把它从枕头下拿来观看一番的。

"你看吧，妈，我这只表比你那架旧钟有用得多了，"我说着把它放在母亲的衣下。"黑角里也看得见，半夜里也看得见呢！"

但是母亲却并不喜欢。她冷淡地回答说：

"好玩罢了，并且是哑的。要看谁走得准、走得久呀。"

我本来是不喜欢那架旧钟的，现在给她这么一说，我愈加发现它的缺点了：式样既古旧、携带又不便利，而且摆置得不平稳或者稍受震动就会停止；到了夜里，睡得正甜蜜的时候，有时它叮叮敲着把人惊醒了过来，反之，醒着想知道是什么时候，却须静候到一个钟头才能听到它的报告。然而母亲却看不起我的新置的完美的挂表，重视着那架不合用的旧钟。这真使我对它发生更不快的感觉。

幸而母亲对我的态度却改变了。她现在象把我当做了客人似的，每天早晨并不催我起床，也并不自己先吃饭，总是等待着我，一直到饭菜冷了再热过一遍。她自己是仍按着时间早起，按着时间煮饭的，但她不再命令我依从她了。

"总要早起早睡，"她偶然也在无意中提醒我，而态度却是和婉的。

然而我始终不能依从她的愿望。我的习惯一年比一年坏了：起来得愈迟，睡得也愈迟，一切事情都漫无定时。我先后买过许多表，的确都是不准确的，也不耐久的；到得后来，索性连这一类表也没用处了。

但母亲却依然保留着她那架旧钟：屋子被火烧掉了，她抢出了那架旧钟，几次移居到上海，她都带着那架旧钟。

"给你买一架新的吧，不必带到上海去"。我说。母亲摇一摇头：

"你们用新的吧：我还是要这架用惯了的。"

到了上海，她首先拿出那架旧钟来，摆在自己的房里，仍是自己管理它。

它和海关的钟差不多准确，也不需要修理添油。只是外面的样子渐渐老了：白底黑字的计时盘这里那里起了斑疤，金漆也一块块的剥落了。

至于母亲，自从父亲去世后也就得了病，愈加老得快，消瘦下来，没有精力做事情。

"吃现成饭了，"她说，"一切由你们吧。"

她把家里的事情全交给了我和妻，常常躺在床上睡觉。

但是她早起的习惯没有改。天才一亮，她就起床了。她很容易饿，我们吃饭的时间就不得不和她分了开来。常常我们才吃过早饭，她就要吃中饭。她起初也等待我们，劝我们，日子久了，她知道没办法，便径自先吃了。

"一天到晚，只看见开饭，"她不高兴的时候，说。"我还是住在乡下好，这里看不惯！"

真的，她现在不常埋怨我们，可是一切都使她看不惯，她说要住到乡下去，立刻就要走的，怎样也留她不住。

"乡下冷清清的没有亲人，"我说。

"住惯了的。"

"把你顶喜欢的子孙带去吧。"

但是她不要。她只带着她那架旧钟回去。第二次再来上海时，仍带着那架旧钟。第三次，第四次……都是一样。

去年秋季，母亲最后一次离开了她所深爱的故乡。她自知身体衰弱到了极度，临行前对人家说：

"我怕不能再回来了。上海过老，也好的，全家在眼前……"

这一次她的行李很简单：一箱子的寿衣、一架时钟。到得上海，她又把那时钟放在她自己的房里。

果然从那时起，她起床的时候愈加少了，几乎一天到晚都躺在床上，而且不常醒来。只有天亮和三餐的时间，她还是按时的醒了过来。天气渐渐冷下来，母亲的病也渐渐沉重起来，不能再按时去开那架时钟，于是管理它的责任便到了我们的手里。但我们没有这习惯，常常忘记去开它，等到母亲说了几次钟停了，我们才去开足它的发条，而又因为没有别的时钟，常常无法纠正它，使它准确。

"要在一定时候开它，"母亲告诉我们说，"停久了，就会坏的，你们且搬它到自己的房里去吧，时时看见它就不会忘记了。"

我们依从母亲的话，便把她的时钟搬到了楼上房间里。几个月来，它也很少停止,因为一听到它的敲声的缓慢无力,我们便预先去开足了发条。

但是在母亲去世前的一个月里,我们忽然发现母亲的时钟异样了:明明是才开足二三天,敲声也急促有力,却在我们不注意中停止了。我们起初怀疑没放得平稳,随后以为是孩子们奔跳所震动,可是都不能证实。

不久,姊姊从故乡来了。她听到时钟的变化,便失了色,绝望地摇一摇头,说:

"妈的病不会好了,这是个不吉利的预兆……"

"迷信!"我立刻截断了她的话。

过了几天,我忽然发现时钟又停止了。是在夜里三点钟。早晨我到楼下去看母亲,听见她说话的声音特别低了,问她话老是无力回答。到了下半天,我们都在她床边侍候着,她昏昏沉沉地睡着,很少醒来。我们喊了许久,问她要不要喝水,她微微摇一摇头,非常低声的说:

"不要喊我……"

我们知道她醒来后是感到身体的痛苦的,也就依从着她的话,让她安睡着。这样一直到深夜,我们看见她低声哼着,想转身却转不过来,便喂了她一点点汤水,问她怎样。

"比上半夜难过……"她低声回答我们。

我觉得奇怪,怀疑她昏迷了。我想,现在不就是上半夜吗,她怎么当做了下半夜呢?我连忙走到楼上,却又不禁惊讶起来:

原来母亲的时钟已经过了一点钟了。

我不明白,母亲是怎样听见楼上的钟声的。楼下的房子既高,楼板又有二层。自从她的时钟搬到楼上后,她曾好几次问过我们钟点。前后左右的房子空的很多,贴邻的一家,平常又没听见有钟声。附近又没有报时的鸡啼。这一夜母亲的房子里又相当不静寂,姊姊在念经、女工在吹摺锡箔,间而夹杂着我们的低语声、走动声。母亲怎样知道现在到了下半夜呢。

是母亲没有忘记时钟吗？是时钟永久跟随着母亲呢？我想问母亲，但是母亲不再说话了。一点多钟以后她闭上了眼睛，正是头一天时钟自动地静默下来的那个时刻。

失却了一位这样的主人，那架古旧的时钟怕是早已感觉到存在的悲苦了吧？唉……

○ 阅读札记

母亲的一生是勤劳的、质朴的，她严格地管束与教育孩子们，让他们养成有规律的、守时的生活习惯。她对时钟的爱，其实是对生活的坚守、对孩子们的爱。时钟与母亲命运的联系，实际上也代表了作者的心灵寄托，利用时钟表达对母亲深切的思念。